光文社文庫

文庫オリジナル

ショートショートの宝箱V

光文社文庫編集部編

光　文　社

ショートショートの宝箱V

目次

まえがき

大変お待たせしました。シリーズも、いよいよ五巻目となります。

光文社文庫サイト「Ｙｏｍｅｂａ！」のショートショート公募は、二〇二二年一月で一七回を数えるまでになりました。回を追うごとに作品のレベルは上がり、私たちの選考はより楽しいものになっています。中にはショートショートの枠を超え、作品を世に送り出した方々も。

思わずにやりとさせられたり、美しい幻想世界に遊んだり、時にはゾッとしたり、切ない涙をこぼしたり……この一冊にも様々な味わいの三〇話が詰め込まれています。存分に楽しんだ後には、あなたのアイデアをかたちにしてみませんか？　みなさんの新たなチャレンジをお待ちしています。

光文社文庫編集部

「Ｙｏｍｅｂａ！」https://yomeba-web.jp/

水無月《みなづき》のつくりかた

滝沢朱音《あかね》

春に入ったばかりの会社で、先輩社員の杏子《きょうこ》が社内結婚すると知ったのは、六月下旬のことだった。

「式は来月、身内だけで挙げるんだけど、よかったら二次会に来てね」

仕事ができる上に親切で、しかも容姿端麗な杏子は、私たち後輩にとって憧れの存在だ。そんな杏子が頬を赤らめながら渡してくれた招待カードを見て、私は目を疑った。彼女と連名になっている男は、私の営業研修を指導している雨宮《あまみや》課長だったのだ。

（課長が、杏子さんと結婚？）

二人がひそかに交際していることを誰も知らなかったらしく、社内に驚きの声があふれる中で、私は愕然《がくぜん》として立ち尽くしていた。

この三ヶ月近く、雨宮課長について外回りに出ることが多かった私は、三十を過ぎたばかりで課長に抜擢《ばってき》されたエリート社員で、頼りがいのある彼に憧れをいだいていた。

——それだけでなく、彼との恋にすっかり夢中になっていたのだ。

「俺……葵《あおい》ちゃんと、もうちょっと早く出会いたかったな」

入社して間もない頃、出先からの直帰で一緒に食事をした帰り際に、課長はそうつぶやいた。

「えっ？　それって……どういう意味ですか？」

「君を好きになってしまった、ってこと」

課長は私にそう告白すると、アルコールで上気した顔を手でごしごしとぬぐった。

「ああ、何言ってんだ俺。葵ちゃんは部下なんだし、こんなこと言っちゃいけないよな。第一、俺には……」

「もしかして……彼女さん、いるんですか？」

私の問いに、課長は端整な顔立ちをくもらせ、切なそうにうなずいた。

「でもこんな強烈な感情、俺、初めて知ったんだよ。抑えても抑えても、どうにも制御できない思いがあるんだって。きっとこれが本物の恋ってことなんだろう。だから……」

課長はそう言うと、私をそっと抱き寄せたのだ。

それからというもの、「君とのこと、ちゃんと考えてるから」という甘い言葉や、繰り返される熱いキスに溺れた私は、大人の恋にすっかりのぼせ上がってしまった。

やがて研修も終わり、なぜか課長が急に私に他人行儀になったことを不審に思っていたその矢先、杏子から渡された二次会の招待カード――

(彼女どころか、婚約者がいたなんて。それも同じ社内に……!)

あまりの辛さに耐えかねた私は、金曜の夜、夜行バスに飛び乗った。

京都を行き先に選んだことに、特に理由はない。ただ、どこか遠くへ行きたかったのだ。


「なぁ、うちの氷室《ひむろ》に泊まっていきよし」

小声でそう誘ってくれたのは、和菓子屋の女店主だった。

「今のあんさんやったら、ええ水無月《みなづき》がでけますよって、ちょうどええわ」

水無月とは、京都で六月に食べられる和菓子だ。三角の白いういろうに小豆《あずき》をのせたもので、夏越祓《なごしのはらえ》という行事にちなんでいるという。

有名な寺にほど近い、趣《おもむき》のある和菓子屋。ふらりと立ち寄ったその店の茶店コーナーで、水無月を食べながら一人涙していた私を心配し、声をかけてくれたのだろう。

「氷室って、ホテルの名前なんですか?」

涙をふきながら問うと、着物姿の女店主は小首をかしげ、はんなりと笑った。

「まあ、そんなもんやね。氷室に泊まれば宿賃も浮くやろし、何より……あんさんに憑《つ》いてるその厄《やく》も、一緒に祓《はら》えるえ」

「厄？　私に、厄が？」

「ええから黙ってついといで。本物の水無月の作り方も教えたげるよって」

女店主は強引に私を連れて店を出ると、裏山へと続く店の脇の山道を登り始めた。


山道はやがて森のけもの道となり、行き着いた先には、三角のかやぶき屋根が、苔むした地面にめり込むようにたたずんでいた。

「ここがうちの氷室。いわば天然の冷蔵庫やね。しかるべきお偉いさんへ、ここの氷を献上した歴史もあったようどす」

女店主が氷室の扉を開けたとたん、中から冷気が足元へすうっと流れてきた。

(これがホテルみたいなものって、どういうこと？)

先を進む彼女にうながされ、続いて薄暗い階段を降りると、そこは思いがけず広い地下空間になっていた。ほのかに甘い香りが漂っている。

「その昔、氷は庶民が口にできるものではあらしまへんどした。せめて気分だけでもゆうて、氷に似せたお菓子が作られた。それが、さっき店でお出しした水無月どす」

「そうなんですね。とてもおいしかったです」

「水無月には厄祓いの意味があるんやけど、実はもっと強い力を持った、本物の水無月ゆうんがあるんえ」

「本物の水無月？」

「そうどす。それを作ると、不思議なことが起こるんどす」

「不思議なことって？」

女店主は問いに答えず、いくつか敷かれている筵《むしろ》の一枚を取り去った。その下の大きな型枠《かたわく》には、綿あめのような白いものが一面に詰まっている。

「これは……？」

「この冬に降った綿雪を、秘伝の方法で寝かせたものどす」

「すごい！　こんな蒸し暑い季節なのに、まだ溶けずに……？」

驚く私の肩に、彼女はそっと手を添えた。

「……ここだけの秘密や。この白い綿雪の上に真っ黒な厄を載せんと、本物の水無月ゆうんはでけしまへんのどす。あんさんはそれを背負ってきてくれはった。さあ、入って」

「えっ、この綿雪の中に……？」

「ささ、早《はよ》う」

女店主の言葉に逆らえず、私は靴を脱いで型枠の上に上がり、おそるおそる足を踏み入れた。

綿雪はひんやりとはしているが、なぜか冷たさは感じない。足裏には弾力が感じられ、深く沈み込むことなく、まるで宙に浮いているような感覚を覚える。

「あの、それで私、どうすれば……？」

「普通のベッドや思て、横になって」

とまどいながらも、私は横たわってみた。

初めはひんやりとしていた綿雪が、まるで綿布団のように体温でぬくもってくる。

(なんだか気持ちいい……)

女店主は微笑《ほほえ》み、私の頭をやさしく撫でた。

「あとは目を閉じて、ぐっすり眠るだけでええ。あんさんに憑いた厄を綿雪が包みこみ、極上の水無月に変えてゆく。辛い記憶がすっかり消えて、楽になれますえ」

「えっ……」

「ゆっくりしていっておくれやす。夜が明けたら、お迎えにきますよって」

そう言うと、彼女が立ち去る気配がした。

「すみません、あの、待って……！」

あわてて起き上がろうとするが、身体が動かない。やがて扉の閉まる音がして、氷室は闇につつまれた。

(どうしよう……閉じ込められた?)

動かせない身体と格闘してみたが、金縛りにかかったようにびくともしない。不安にさいなまれながら、氷室の天井をただ見上げていると、ちらちらと上から何かが降ってきた。

(あっ……!)

——白い綿雪だ。

(六月に、雪?)

綿雪の量は次第に増え、ふわふわと私の上に積もってゆく。初めはひんやりとし、そのあとは溶けもせず私を包み込む。

闇に目が慣れるにつれ、かやぶき屋根のすき間から夜空が見えた。氷室の中は雪が降っているというのに、空には月や星々が輝いているようだ。

(これは……夢なの?)

まるで幻想のように美しい光景の中、真っ白な綿雪に次第に埋もれながら、私はいつのまにか雨宮課長のことを思い出していた。

(たった三ヶ月だったけど、私は彼に確かに恋をした。だけど……)

課長にとっては、ただの遊びだったのだろう。もしかしたら、私のような新人の女に手を出し、飽きては捨てることを繰り返していたのかもしれない。

何事もなかったように振る舞う彼が恨めしかった。だけどそれ以上に、まだ恋しさが残っている。悲しくて悔しくて、でも彼のことが恋しくて、涙が止まらない。

横たわったまま泣き続ける私の全身を次第に綿雪が覆い、視界は真っ白になってゆく。

やがて、強い眠気が襲ってきた。

(雪山で遭難したら最期《さいご》は眠くなるって聞くけど、私もこのまま死ぬのかな。それもいいか……)

唯一動かせるまぶたをそっと閉じ、私は眠りについた。


——気がつくと私は、店の茶店コーナーに座ったまま、テーブルに突っ伏していた。

(やっぱり……夢だったんだ!)

あわてて上体を起こすと、あの女店主が近づいてきた。

「よう眠れはったようどすな。気分はどうどす?」

「あっ……はい、大丈夫です。私、ここでうたた寝してたみたいで……すみません!」

ただのうたた寝にしては、頭の中が妙にすっきりしている。なにか大きな鬱屈《うっくつ》を抱えていたことは覚えているけど、それがなんだったのか、よく思い出せない。

（そもそも私、どうして京都に来たんだっけ？）

訳がわからず混乱していると、女店主は婉然《えんぜん》と微笑み、そっと私の耳に唇を寄せて言った。

「うたた寝なんかやない。あの氷室で一晩、ようおやすみやったやおへんか」

「えっ？」

「おかげで極上の水無月が仕上がりました。おおきに。うちの店の大切なお得意様に、納めさせていただきます。ぎょうさんでけたので、あんさんにも……」

そう言って彼女は、ずしりと重い紙袋を私に手渡した。

「これが本物の水無月どす。ぜひお土産にしておくれやす。不思議な力で厄が消え去り、食べればもっと気分が晴れますえ」

朱《あか》い唇をすぼめ、彼女は意味ありげな笑みを見せた。

そのあと私は、神社で夏越祓にちなんだ茅《ち》の輪《わ》くぐりをしたり、寺の苔むした庭で今を盛《さか》りと咲く桔梗《ききょう》の花をながめたりして、京都の旅を堪能した。

夜、最終の新幹線で帰ってきた東京は、いかにも梅雨《つゆ》らしいぐずついた空模様だったが、小旅行がいい気分転換になったのか、私の気分はすっきりと晴れわたっていた。

月曜に出社した私は、女店主がたくさん用意してくれたあの水無月を、おみやげとして社内で配ることにした。

「葵ちゃん、京都に行ってたの？」

「はい。週末、急に思い立って……」

和菓子店で食べたものより、ひと回り小さな水無月。綺麗に個包装され、紫陽花《あじさい》柄の美しい箱に詰められてある。

「日持ちしないので、今日中に召し上がってください」

そう言いながら配ったせいか、みんなその場で水無月を口にし、おいしいとほめてくれた。そこに課長もやってきたので、私はにこやかに「課長もぜひ召し上がってください」と声をかけ、水無月を渡した。

ふと、女店主の言葉を思い返す。

（本物の水無月には不思議な力があるって言ってたけど、あれはどういう意味だったんだろう？）

余った水無月を自分でも食べてみたが、特に何も起こらない。私は拍子抜けした。

（やっぱり、ただのおいしいお菓子よねえ……）

心のどこかで信じていた自分がおかしい。思わず頬をゆるませながら自分の席に戻ると、課長が話しかけてきた。

「葵ちゃん、さっきのお菓子、とってもおいしかった。ありがとね！」

「いえいえ。そういえば課長、もうすぐ結婚式ですね。二次会、楽しみにしてます！」

私の言葉に、彼女はにこりと笑って立ち去った。女でも見とれるほどの美しい笑顔だ。

「はぁっ……杏子さん、綺麗ねえ……」

私がそう言ってため息をつくと、近くにいた同僚たちも相づちを打つ。

「お得意先の若社長を夢中にさせたっていうのも当然ね。でも玉の輿《こし》っていうより、お似合いのカップル！」

「杏子さん自身も若くして課長になるくらい優秀だし、やさしいしね。ほんと憧れちゃう！」

　窓の外をふと見ると、雨はすっかり上がり、梅雨明けのような明るい光が射している。

何となく社内に誰かの姿が欠けているような気がしたが、きっと気のせいだろう。

（入社以来、あんな素敵な女性に研修を担当してもらえて、私は幸せ者だったな……）

私は晴ればれとした気分で、杏子と過ごしたこの三ヶ月のことを楽しく思い返していた。

君が隣にいて

坂入慎一

本日八月十六日はちょうど地元の夏祭りだったので、思い切ってミユキを誘ったらオッケーがもらえた。早朝だったのでまだ寝ているかと思ったが、俺と同じで起きていたらしくすぐ返事が来た。震える手で「二人きりだけどいい？」とチャットを送ると「そのつもりだったけど？」と返信。その場でガッツポーズをとるとベッドに倒れ込み、感情の高ぶりのままごろごろと転がった。

ミユキと初めて会ったのは幼稚園の頃で、気がつけばいつでも一緒に遊ぶ仲になっていた。それから小学、中学と付き合いは続いたが、高校では男女の気恥ずかしさもあってあまり遊ぶこともなくなっていた。

だからミユキを夏祭りに誘うのは勇気がいったけど、その甲斐《かい》はあった。夏祭りのことを考えると今からもう心臓がばくばくといっている。

ふと、夏祭りに何を着ていくかを考えていなかったことに気づく。特別な日なのだから普段着で行くものではないと思った。特別な日に相応《ふさわ》しい特別な服を着るべきだ。

そうなると部屋に飾ってあるTシャツに目がいった。それは大好きなバンドの直筆《じきひつ》サイン入りTシャツで、当時のバイト代を全額つぎ込んで手に入れたものだ。勿体《もったい》なくて今まで一度も袖を通したことはないが、今こそこれを着るときなのではないか。夏祭りに着なかったらもう一生着る機会なんてない。

というわけで日も暮れた頃、俺は直筆サイン入りTシャツを着て待ち合わせ場所に向かった。余裕を持って十分前には着くように家を出たが、待ち合わせ場所にはもうミユキの姿があった。

「待ってないよ、今着たとこ」

俺が何か言う前にミユキは先回りしてそう言った。それに対して何か軽口でも返せば良かったのだが、それよりもミユキの姿に驚いて上手《うま》く言葉が出てこない。

長い髪を低い位置でお団子《だんご》にまとめ、朝顔の柄の浴衣《ゆかた》を着ているミユキ。いつもと違う髪型のミユキも浴衣を着たミユキも初めて見たからどうしていいかわからず、必死に言葉を絞り出した。

「その、似合ってる。浴衣。良いと思う」

動揺して上手くしゃべれなくなっている俺を見てミユキが小さく笑った。

「ありがと。そのシャツもカッコイイよ」

その一言で全てが報われた気がした。このTシャツを着てきて良かった。バイトして良かった。あのバンドを好きになって良かった。生まれてきて良かった。

それから夏祭りの会場まで連れ立って歩き、ライトアップされた会場に着くとそこはもう完璧に夏祭りの空間だった。

「わぁ、すごい。こんなに人がいると思わなかった」

ミユキの言葉に俺も頷《うなず》く。今年はいつもより人が少なくなるだろうと思っていたが予想に反して去年より多いぐらいだった。やはりみんな人恋しくなるのだろうか、祭りの喧《けん》騒《そう》を肌で感じると心が安らいだ。

「よう、綿あめどうだい？」

声をかけられたのでそちらを向くと、近所のおじさんがやっている綿あめの屋台だった。この歳で綿あめは子供っぽいかなと思ったけどミユキが「いいじゃん、綿あめ。お祭りっぽいよ」と言ったので二つ頼んだ。

綿あめを受け取ってからお金を払おうとすると「今日は祭りだからな、サービスだ」と言って代金を受け取ってもらえなかった。ただでもらってしまうのは気が引けたがたしかに今日は祭りなのだ、無粋《ぶすい》なことを言うのもどうかと思ったので好意に甘えることにした。

それから他の屋台も何軒か回ったがどこの屋台でもサービスをしてもらえた。みんなお祭り気分なんだな、と思うと俺も楽しくなった。

一通り会場を回るとミユキが土手の方を指さし、言った。

「あっちに花火がよく見える場所があるの。あんまり人も来ないからゆっくり過ごせるよ」

「へえ、それはいいな」

返事を聞くとミユキは俺の手を取って歩き出す。

「じゃあ行こっか」

胸のドキドキを悟られないよう努力しながら俺は手をそっと握りかえした。

たわいもない話をして歩きながら、ふと、今更だけど誘って良かったんだろうかと思った。ミユキの家は家族仲も良かったので夏祭りも家族で行く予定ではなかったのだろうか。

俺がその疑問を口にするとミユキは笑って答えた。

「うちのお父さんとお母さんは仲が良すぎるから二人で旅行に行っちゃったよ、二人が初めて会った場所に行くんだって。だから私も好きなようにしていいって言われてるの」

無茶苦茶な話だなって思ったけど、ミユキの両親ならありそうだなとも思った。いつまで経っても恋人気分とでも言うのか、端《はた》から見ていて恥ずかしくなるくらい夫婦仲が良かった。

それに比べて俺の両親の仲は最悪だった。父親は半ば公然と浮気をしていたので、ここ数年は両親が言葉を交わしている姿を見ていなかった。その父親も一昨日母《おととい》が自殺してからは家に寄りつかなくなり、おそらくは今も浮気相手の家にでもいるのだろう。

両親のことを思うと暗く湿った気持ちになったが、繋いだ手の温《ぬく》もりがすぐにそれを忘れさせてくれた。

「ほら、そこの土手を登ったところだよ」

ミユキの言葉に被さるように男性の悲鳴が聞こえた。

「た、助けて！」

俺とミユキは目を合わせると悲鳴が聞こえてきた方に歩いた。茂みがガソゴソと揺れていたので覗《のぞ》いてみると同じクラスのオカダが倒れている男に馬乗りになって包丁を何度も刺しているところだった。

「オカダ、なにやってんだよ」

そう、声をかける。

オカダは振り向いて俺達の姿を認めると照れ隠しのように笑った。

「ああ、ごめん。変なところ見られちゃったね」

そう言って立ち上がり、血まみれの自分の姿を見て少し恥ずかしそうにする。オカダは真面目な人間で服装もいつもちゃんとしていたからそういうのが気になるのだろう。いじめが原因でオカダは三ヶ月前から不登校になっていたのでこうして話すのも三ヶ月振りだったが、変わっていないようでほっとした。

「サイトウ君を殺してただけだから気にしないで。無差別に襲ったりはしないよ」

そう、冗談めかして笑う。

顔が見えなかったので気がつかなかったがオカダが刺していたのはオカダをいじめていたグループのサイトウだったらしい。ぴくりとも動かないので多分もう死んでいると思う。

「殺すって……そんなことしても意味ないだろ」

「まあ、そうなんだけどさ。でも、やりたかったんだ」

オカダはサイトウの死体を見下ろすと、その死体を思い切り蹴り飛ばした。物足りなかったのか、また蹴った。蹴った。蹴り続けた。しばらくして蹴るのをやめると疲れたのか肩で息をしていた。

「そうだ、コバヤシ君とワダ君が何処《どこ》にいるか知らないかな？」

コバヤシとワダもオカダをいじめていたクラスメートだ。どちらとも親しくなかったのでそう訊《き》かれても少し困る。

「ワダは家族で海外に行ったって聞いたけど、コバヤシは知らないな」

「コバヤシ君ならお祭り会場で見たよ。射的《しゃてき》やってた」

それを聞くとオカダは「ありがとう」と言って頭を下げ、包丁を手に会場の方へ向かった。

その場に残された俺とミユキはとりあえずサイトウの死体に手を合わせ、冥福《めいふく》を祈った。

それからまた手を繋ぎ、土手を登る。

大きな満月が見えた。

「綺麗だな」

思わず口をついた出た言葉にミユキが「私のこと？」とからかうように訊いてきた。俺はミユキのことを見ると「そうだよ」と言った。

「綺麗だよ」

正面切ってそう言われるとは思ってなかったらしくミユキは顔を赤くしてそっぽを向いた。

「……そういうこと言う人だったんだ」

「まあ、今日ぐらいはな」

かくいう俺も恥ずかしさで顔が真っ赤になっていてミユキのことをまともに見れなかっ

た。

　二人して顔を赤くして黙ったままでいると、不意にスマホのアラームが鳴った。

「そろそろ時間だね」

　ミユキがスマホを見てそう言った。俺は頷き、月を見上げる。

　夜空に浮かぶまん丸の月。今まで幾度となく見てきたその月にヒビが入り、音もなく爆発するように砕け散った。

「…………」

　二週間前に発見された大型の小惑星が月と地球に正面衝突することがわかり、世界はパニックに襲われた。ここらへんは田舎なので比較的影響は少なかったが都市部では暴動や略奪も起きたらしい。そして十六時間前に行われた米ロ合同の三度目となる小惑星への核攻撃が失敗に終わったとき、地球の運命は決まった。

　砕けた月を押しのけるように小惑星が姿を現す。巨大な質量を持つ小惑星はこのまま真っ直ぐ突き進み、地球に衝突して致命的な破壊をこの星にもたらすのだ。

「……流れ星にお願いでもする？」

「あれだけ大きいんだからなんでも叶えてくれそうだな」

　見る間に大きさを増していく小惑星には本当に願いを叶えてくれそうな迫力があった。

「じゃあ、なにお願いしよっか」

そう言ってミユキが子供のように笑ったので、つられて俺も笑う。

願い事を考えたけど、何も思い浮かばなかった。だからミユキのことを見た。繋いだ手をぎゅっと握る。握り返してくれる。体温を感じる。君が隣にいて、笑ってる。

今の俺にはもう、それ以上望むことなんて何もなかった。

神さまの仕事

がみの

「課長、おはようございます」

出社すると、課長席の側に部下の田中が立っていた。腰をしっかりとかがめて挨拶をする。

こいつ、なんで今日はこんなに礼儀正しいんだ。いつもだったら、会釈《えしゃく》もしたかどうかよくわからない態度なのに。それにどうして俺よりも早く出社しているのか。いつも遅刻ギリギリのくせに。

俺が不審に思いながら席に着くと、田中は深刻そうな表情を浮かべて言った。

「早速《さっそく》ですが、ご相談があります。個室でお話しできませんか」

嫌な予感がした。部下がこういう顔でこういうことを言うときは、決まって退職したいとか、鬱《うつ》で休職指示の診断書をもらったとかの話になる。

他の社員には聞かせたくないので、小応接室を予約する。

ソファに座り、田中の顔をもう一度見直すと、無精ひげが目に付いた。

「徹夜したのか」

「はい」

田中はうなずく。

「そうか、体調は大丈夫か」

「問題ありません」

「納品は今週末だが、進捗《しんちょく》はどうなんだ」

「それについて、お話ししたいのです」

何だと。この期《ご》に及んで納期に間に合わないと言うんじゃないだろうな。胃が痛む。

「その前に、もうひとつ個人的な話があります」

個人的な話？　今度は腹が痛くなる。

「実は、ぼく、自分が神であることを思い出しました」

「は？　神？　神さまの神？」

「そうです」

「ええっと」

こういう時はどうすれば良かったっけ。俺はメンタルヘルス関連の研修内容を思い返す。

確か、相手の言うことを否定しないだったか。

「いつ、自分が神さまだと思い出したのかな」

「夜中の三時です」

田中は真面目くさった顔で言う。徹夜で疲れておかしくなったのか。かなりタイトなスケジュールで、メンタル的にも厳しかったか。俺は自分の管理責任を思い、ちょっと反省する。

「で、神さまであることを思い出したら、どうなるのかな」

「自分がずっとこの世界をほったらかしにしていたことに気づきました。おかげで、世界には不幸があふれています。すべてぼくの責任です。早急《さっきゅう》に対処しなければなりません」

「今やってる仕事が終わってからじゃ駄目かな」

俺がそう言うと、田中は首を横にふる。

「こんな仕事をやっている場合ではありません」

「こんな仕事？」

「すみません。でも、今苦しみを抱えている人たちにとっては一刻を争う状況なのです」

俺だって、苦しいんだが。

「神さまだったら、その前に、今の仕事ちゃちゃちゃっと終わらせられない？」

「神の力は、そういう私的なことには使えません」

私的なことかよ。俺の立場はどうなるんだ。怒鳴りたくなったが、高圧的な言動は避けるように研修で言われたことを思い出す。

産業医に診《み》せようかとも思ったが、そうしたら、きっと休ませろと言われる。そうなると、今田中がやっている仕事が止まる。他の部下に今から引き継がせると、とても今週末には納品出来ない。

焦《あせ》った俺は、適当なことを口走る。

「実はだな、田中。私も自分が神さまであることに気づいたんだ」

「ほんとですか」

田中が目を大きく開いた。そして、じっと俺を見つめる。疑っているようだ。確かに、いきなり俺がこんな話をして信じるはずがないか。でも、今の田中の精神状態だったら、もしかしたら。

「だからさ、神さまの仕事は私がやるから、君は今週末納期の仕事を仕上げてもらえないか」

「課長」

田中はいきなり立ち上がると、テーブル越しに俺の肩を両手でつかんだ。

「おいおい」

俺は立ち上がろうとしたものの、田中の力は強く身動き出来なかった。田中の眼光はものすごく、射るような視線とはこういうことかと納得するほど。

突然、音もなく応接室全体に光が炸裂《さくれつ》した。俺の体に電流のようなものが、ビリビリと伝わる。

「それでは、課長、あとをお願いします」

田中はぼんやりした顔つきになって、応接室を出て行った。

えっ、納得してくれたのか。

そう思った瞬間、頭がくらっとする。膨大《ぼうだい》な量の情報が頭の中に流れ込む。

俺は宇宙の理《ことわり》を瞬時に理解した。

さらに、世界中の人たちの苦悩、彼らの神にすがる思いが一瞬にして把握出来た。

俺は立ち上がる。

こんな仕事をしている場合ではない。

応接室を出ると、まっすぐ部長席に向かった。

「部長、ご相談があります。個室でお話しできませんか」

ナミノオト

杉野圭志

僕は生まれてから海を見たことがない。

僕の家は愛媛の山奥で民宿を営んでいて、母ちゃんとじいちゃん、ばあちゃんと一緒に暮らしている。

夏休みになると民宿は歩き遍路《へんろ》のお客さんや都会からの家族連れで大繁盛だ。もちろん小学生の僕だって民宿の手伝いをする。お客さんの布団を押入れから出したりしまったりする布団係さ。

夏が終わる頃、お母さんが去年もその前の年も言った言葉をまた言った。

「ごめん颯太《そうた》、来年こそは海に泳ぎに連れてったげるけんね」

こうして僕の小学五年の夏休みはまた海なしで終わってしまった。

二学期の始業式の日。

まん丸メガネをかけたトンボ先生と一緒に知らない女の子が教室に入って来た。女の子は身長の低い僕なんかよりずっと背が高くて（クラスの中で一番大きいかもしれない）、肩まである黒髪は風もないのにさらさらと揺れるように光っていた。

クラスの視線を一斉に受けた彼女は恥ずかしがる様子もなく、背中の水色のランドセルはクラスの女子たちが持っているものと同じとは思えないほど小さく見えた。

「ええっと今日からみんなに新しいお友達ができました。名前は」

先生がチョークで黒板に、星野南海、と大きく書いた。

すると一番後ろに座っていたガキ大将のアキラが「ほしのなんかい！」と笑った。つられてみんなもくすくすと笑い始めた。別におかしくも何ともなかったけど一緒に笑っておかないと後で仲間外れにされても困るので、さあ笑おうと思った瞬間、彼女と目があった。

ざざーん

何処《どこ》からか水の音がした。

ザザザざあーん

今度はもっと強い音。

笑われても顔色ひとつ変えない彼女の、一文字《いちもんじ》に閉じられた唇にぎゅっと力が入るのがわかった。彼女の口がわずかに開き息が大きく吸われ胸とお腹がわずかに膨《ふく》らんだ。

「あんたら、私のことなめちゅうがかや！　大概《たいがい》にしちょけよ！」

雷が落ちた、のかと思った。教室は水を打ったように静まり返り、誰かの手から床に落ちた鉛筆の音だけがカランと高く響いた。

先生がひとつ咳払いをしてから口を開いた。

「星野さんの名前は、なみさん、と言います。今のは笑ったみんなが悪い。アキラ、星野さんに謝りなさい」

「えーっ、何で俺だけ？」

「お前が言い出しっぺやろが」

滅多《めった》に怒らないトンボ先生が怒るとめちゃくちゃ怖いのを知っているアキラは口先で、ごにょごにょと何かを言った。

「もっと大きな声で」

「ごめんなさい」

今度ははっきりと聞こえた。

「星野さん、みんなのこと許してやってな」

先生が言った。

星野さんは返事をするでも頷《うなず》くでもなくただ前を睨《にら》むように見つめていた。

「星野さんはおうちの都合で高知からこの学校に転校してきたけんね。みんなこれから仲良く」

先生がまだ話している途中なのに彼女は歩き出した。

「先生」星野さんが言った。

「私、ここの席がええ」

え？

星野さんが指差したのは窓と僕の机の間にある隙間だった。隙間と言っても二十人ほどしかいない教室だから、机を置くスペースは十分にある。

先生は「そうか」とすぐに机と椅子《いす》を持って来て新しい席を作ると「じゃあ颯太、星野さんに色々教えてあげてくれな」と言った。

「そうたくんて言うが？　よろしゅうね」

星野さんは机の上にランドセルをとんと置くと、さっきまでの怖い目が嘘のようににっこり微笑《ほほえ》んだ。

頭の後ろにクラスのみんなの視線が突き刺さるのがわかった。僕が星野さんに何と答えるのか興味津々《しんしん》なのだ。アキラもじっとこっちを見ていた。

ちゃぷり

ちゃポン

まただ。

ちゃぷりちゃぷりちゃぽん

さっきよりも静かな水音。

その音は、確かに、星野さんが机に置いた水色のランドセルから聞こえて来る。

「おい颯太、ポカンと口を開けてどうした。星野さんがよろしくと言っとるぞ」

先生が言った。

「え、あ、よろしくお願いします」

あ、と思った時にはもう遅かった。

「はーい、カップル誕生！」

待ってましたと言わんばかりにアキラが声をあげた。とりまきの男子たちも声を揃えて「カップル、カップル」と囃《はや》し立てた。女子たちも笑っていた。頰っぺたがかっと熱くなった。僕はたまらず「何でこいつと俺が付き合わないかんのぞ！」と星野さんを指差した。しまったと思った。僕は彼女の二度目の雷に備えて身構えた。

でも星野さんは怒らなかった。僕の方をちらと見ただけで黙って前に向き直った。その顔からはさっきの笑みは消えていた。

「こらお前ら、やめんか！」

代わりに先生の雷が落ちて、みんなすぐにおとなしくなった。

星野さんはそれ以来、クラスの誰とも口を利こうとしなくなった。みんなもそんな星野さんの態度に呆れて話しかけようとしなかった。

しばらく経ったある日の放課後、僕と星野さんは教室に二人でいた。僕たちは整理整とん係で、週に一度はこうして教室の後ろの棚や机の整理などをする。と言っても、やるのは僕ひとりで、星野さんは休み時間いつもそうしているように自分の席に座って窓の外を眺めている。あの時の後ろめたさもあって「係の仕事は僕が一人でやるけん」と言ったのだ。彼女は「あ、そっ」とそっけなく返事をし、だからといって先に帰るでもなく僕が終わるのをいつも待っていた。

「颯太くん」

星野さんがふいに話しかけて来たので、びっくりして振り返った。

「何でここには海がないと？」

「海？」

「うん」

「あ、当たり前じゃろ。こんな山ん中に海があるわけなかろが！」

急にとんちんかんなことを言われ咄嗟《とっさ》に出た言葉は、自分で思っていた以上にきつい口調になってしまった。

ざざザザあアーン

またあの音がした。

星野さんの雷が落ちる前に聞こえた激しい水の音。

ザザアアン、ザザザザアアン

大きな波の音が聞こえたかと思うと、目の前の星野さんの大きな目から大粒の涙がこぼれた。

「水の音」

突然の涙にどうしていいかわからず、おもわず星野さんのランドセルを指差した。

「ランドセルから水の音がする」

星野さんが怪訝《けげん》そうに僕を見た。

「本当やって、本当に聞こえたんやもん、ざざざあああんって」

「え？」

星野さんはびっくりしたように自分のランドセルの蓋を開けた。中から取り出したのは大きくて真っ白な貝殻だった。

星野さんはその貝殻の、穴の空いたところを僕の耳にそっと押しあてた。

ざざざざあ　ざざざざあ

貝の中から水音が、だけどその音はさっき聞こえたものよりも優しく耳に流れこんだ。

「颯太くんにも海の音、聞こえるん？」

星野さんが嬉しそうに言った。

「海？　これ、海の音なんか？　海ってこんな音がするんか」

僕は目を閉じてその海の音に耳を澄ました。

ざざざざあ　ざざざざあ

目の前にまだ見たことのない大きな青が広がった。

「星野さん、ごめん」

その海の青さに心につっかえていたものがぽろんと外れた。

「あの時、こいつって言って、ごめん」

僕はずっと星野さんに謝りたかったのだ。

「そんなのえいね、えいね。あの時うちの名前を笑わんかったんは颯太くんだけやきね。

うちの南海《なみ》って名前、死んだお父さんがつけてくれたがよ。お父さん、高知の海が大好きやったき」

星野さんの大切な名前をクラスのみんなに合わせて笑おうとしていた愚かな自分を蹴っ飛ばしてやりたかった。

「これ私が小さい時にお父さんがくれたんよ。海が聞こえるろうって。それにね」

僕が返した貝殻を星野さんは大事そうに胸に抱えて言った。

「本当はうち、人魚やき、海がなかったら生きられんの。けんど、この貝の魔法のおかげで私は陸でも生きられるのや」

「颯太くん」窓から差し込む夕日のオレンジが星野さんの濡れた頬をキラキラと照らしていた。

「人魚のことは絶対誰にも言わんでね。二人だけの秘密ちゃ」

二人だけの秘密という言葉は、アイスの当たり棒を百本引き出しの中に持っているぐらい僕を嬉しくさせた。

「そいでこれからは星野さんじゃなくて南海でええき」

南海の笑った顔を見たのは始業式以来だった。

三学期の終わり、南海は本当に海に帰ることになった。高知にいるお母さんの仕事の目《め》処《ど》がついてやっと一緒に暮らせるようになったからだ。

僕は南海が暮らしていたおばあちゃんの家に見送りに行った。

「これ、颯太くんにあげる」

南海がくれたのはあの貝殻だった。

「うちは海に帰るからこれはもう必要ないき」

僕は胸の中にあるぐちゃぐちゃをうまく言葉に出来ず、結局言えたのは「ありがとう」の一言だけだった。

南海は母親の運転する車に乗りこむと助手席から乗り出すようにしてずっと手を振っていた。僕は手も振り返さずに貝殻をぐっと握りしめた。

きゅうに涙がぽろぽろと溢《あふ》れた。

思わず「南海！」と叫んだのは車が山あいの狭いカーブに消えたあとだった。

魔法が解けたのか、貝殻からは海の音はもう聞こえなかった。

暖かくなるにつれこの辺りを歩くお遍路さんがまた少しずつ増え始めた。

朝、民宿のお客さんが「夕べ寝ていると周りの木の葉っぱが風に吹かれてまるで潮騒《しおさい》のようだった」と言った。

「おばちゃん、潮騒ってなんなん?」

一緒のテーブルで朝ご飯を食べていた僕が聞くと、それは海の波の音だよと教えてくれた。

びっくりした。海の音がまさか自分の家で聞こえるなんて思ってもみなかったからだ。

その晩、僕は電気を消して布団に入ると耳を障子の外にそばだてた。

山の潮騒。

ざざざあ　ざざざざああん

本当だ。貝殻から聞こえた音と似てる。

その満ちては引いてを繰り返すを聞いているうちに僕はいつの間にか、夜の海にいた。

空には星が瞬《またた》き真っ黒な海の水面《みなも》を月がキラキラと照らしている。

その時何かが跳《は》ねた。

「あ、南海!」。

そこにいたのは人魚になった南海だった。

南海はその小さな尾びれをぶるんとやって何度も何度も海面を飛び跳ねた。
濡れた南海の体の鱗《うろこ》が月の光に照らされて、まるで宝石のように虹色に輝いていた。

ぬくもり

見坂卓郎

重たいスーツケースをごろごろと転がしながら、同僚と並んで歩く。仕事は午前中で終わったので心は軽やかだ。

「今日の宿は天然温泉らしいよ。やっぱり冬は温泉に限るね」

僕は適当に相づちを打ちながら、スーツケースを持つ左手に力を入れた。よその温泉の話をして暴れ出したら大変だ。

出張のついでに観光して行こう、と提案したのは同僚の彼だ。幸い、有給をうまくくっつけることができた。

「ところで、一泊二日なのにすごい荷物だね。それ何が入ってるの」

彼が僕のスーツケースを指差した。僕が「恋人だよ」と冗談めかして答えると、何それサイコだね、と大声で笑った。

僕と〝彼女〟が出会ったのは二年前。

温泉マニアの僕は、学生時代から全国各地を旅して温泉を巡り歩いてきた。僕が立ち上げた温泉巡りのサイトは、マニアの間で高い評価を受けている。そして、社会人になってから親睦《しんぼく》旅行で泊まった宿で、僕は運命の温泉に出会った。

そのときのことは、今でもはっきり覚えている。

身体を浸《つ》けた瞬間、僕はすべてを理解した。やさしく抱きしめてくれるようなぬくもり。身体のすべての細胞が、これが答えだと示しているようだった。

ずっとこうしていたい。この温泉の一部となって永遠に揺蕩《たゆた》っていたい。幸福が身も心も満たしていく。そんな思いを振り切って、それこそ身体の一部を引き裂かれるような痛みとともに、僕は湯から上がった。

部屋に戻ってからも、身体がぽかぽかしていた。温泉の効能だろう。ただ、この胸の高鳴りは何だ。布団に入って目を閉じても、浮かんでくるのは先ほどの温泉のことばかりだ。

――もう我慢できない。

僕は荷物を床に放り出し、空になったスーツケースを持って深夜の温泉に向かった。あやしさ満点だったが、幸いなことに中にはだれもいなかった。

何をすべきかは明らかだった。僕がスーツケースを開くと、温泉の湯がゆっくりと立ち上がった。そのままこちらに近付いてきて、当然のように〝彼女〟はスーツケースの中に収まった。

ちゃぷん、と音がして、それが「ありがとう」の意味だと直感的に分かった。彼女を女性だと感じたのもその瞬間だった。

その日から、僕と彼女はいつも一緒だ。家にいるときは浴槽に彼女を移して、その中で温まった。外泊するときは彼女をスーツケースに入れて、宿泊先まで連れて行った。彼女はいつでも適温で、冷めることがない。それが彼女の愛によるものだと僕は知っていた。僕たちは離れられない。僕は彼女を、そして彼女も僕を、互いに必要としているからだ。

宿に着き、荷物をおろすと大きく背伸びした。ひとりの方がくつろげると言い張って部屋は別々にしてもらった。ようやく彼女と二人きりになれた喜びを噛みしめていると、ドアをノックする音が聞こえた。

「夕飯の前に温泉行こうよ」

同僚の声だ。僕は「先に行っといて」と告げて彼を追いやった。

よその温泉に入るなんて、そんな恐ろしいことができるはずがない。僕が入るのはいつでも、彼女だけだ。

服を脱いで、スーツケースを引きずって浴室に向かう。ようやく彼女の出番だ。浴室のドアを開けた瞬間、僕は思わず息を飲んだ。

そこにあったのは、シャワーだけの部屋だった。想定外の事態に頭が真っ白になる。くそう、ちゃんと確認しておけばよかった——。温泉で有名な宿だから、部屋に備え付けの風呂は手を抜いているのかもしれない。浴槽がなければ彼女を移すことができない。

「ごめんね」

僕が言うと、彼女はちゃぷん、と悲しそうな声を出した。

とりあえずシャワーだけ浴びて浴衣《ゆかた》に着替え、僕は夕食会場に向かった。

「何で風呂来なかったの、待ってたのに」

同僚が、僕を見るなり不満そうに言った。

「ごめんごめん。疲れててシャワーだけ浴びた」

そう言うと、彼は「嘘だろー」と声を上げた。

「温泉宿に来て、温泉に入らないなんておかしいでしょ。あと、ここはすごく有名なんだよ。珍しい種類の温泉らしくて、有名人もお忍びで来てるとか。身体の芯まで温まって最高だったよ」

ぴく、と僕の中で何かが疼《うず》いた。

「とにかく入った方がいいよ。絶対に後悔するって」

ぴくぴく。

夕食を終えるころには、僕の身体は何かに取り憑《つ》かれたようになっていた。

「ただいま」

部屋に戻って電気をつけると、スーツケースからは何の反応もなかった。僕を待っている間に寝てしまったのかもしれない。

「もう寝ちゃったかな。おやすみ」

僕はもう一度声をかけ、布団にもぐった。目をつぶって、精神を落ち着けることに集中する。

羊が一匹、羊が二匹……。

頭の中に浮かんだ羊たちが草原を走っている。そして走り疲れた羊たちは、次々に温泉へと吸い込まれて行く。ぽかぽかと気持ちよさそうにしている羊たち。いい湯だな、とでも言うようにメェ〜と鳴いた。

だめだ、我慢できない。

僕は部屋を暗くしたまま、足音を立てないようにそうっと玄関まで移動した。音が出ないようにゆっくりドアを閉める。

今日だけ特別だから。部屋に浴槽がないから、仕方ないんだよ。

自分を正当化するための言い訳をいくつも考えながら大浴場に向かう。しばらく歩くと、温泉特有の硫黄《いおう》っぽい匂いが漂ってきた。それだけで条件反射のように気分が高揚した。彼女と出会って以来の温泉になる。脱衣所で浴衣を脱ぎ、扉を開けると湯気がもわっと広がった。いよいよ非日常の世界がはじまる。僕は身体を軽く流してから、ゆっくりと足を浸けた。温度はやや高めだ。それから尻、腰、最後は肩まで全身を沈めて行く。

「あー……」

思わず声が出た。気持ちいい。冬という季節は温泉をいっそう魅力的なものにする。彼女が一番なのは間違いないが、この温泉はかなりのものだった。今までのベストテン、それもかなり上位に入りそうだ。

香り、色、肌触り、そして少し舐めれば泉質のほとんどを把握できる。硫黄泉なのは入る前から分かっていたが、この温泉はかなり硫黄分が高いようだ。湯に濃い濁《にご》りがあるのもそのためだろう。天然温泉としてはたしかに珍しい。

しっかり温まって、身体を茹《ゆ》でダコのようにほかほかさせて部屋に戻った。短時間ですませるつもりが、たっぷり満喫してしまった。

部屋に戻り、灯りを消したまま手探りで布団に入った。スーツケースはしんと静まり返っている。彼女はぐっすり眠っているようだ。温泉で身体が満足したからか、羊のことを考えなくてもすぐに意識が遠くなった。

ぽちゃん、ぽちゃん。

眠りについてしばらく経ったころ、僕は聞きなれない音に目を覚ました。洗面所の蛇口を締め忘れたのだろうか。そう思い、眠たい目をこする。

身体を起こすと、その音が洗面所ではなく、すぐ近くから聞こえてくることに気が付いた。

そこにあったのは――スーツケース。

僕はあわてて布団を飛び出した。ぽちゃん、ぽちゃんとスーツケースからしずくが垂れている。

彼女が、泣いている。

そのことに気づいた僕は、すぐに彼女の近くに行って頭を下げた。

「ごめん、そんなつもりじゃなかった」

畳に頭をこすりつけるようにして必死で謝る。彼女が一番であることは間違いない。それは僕の本心だった。今日のことは、ほんの出来心だったのだ。

ぽちゃん、ぽちゃんとしずくの垂れる音が激しくなった。嗚咽《おえつ》のようにスーツケースが細かく震えている。

僕は浴衣を脱いでスーツケースを開いた。その瞬間、漏れていたしずくの音が鳴りやんだ。

「君が一番だから」

僕はそのまま彼女の中に身体を沈めていった。スーツケースは浅いので、頑張っても尻の半分までしか入らない。

それでも、全神経を尻に集中して彼女のぬくもりを必死で感じる。

「僕は君のことが……熱っ！」

尻に火をつけられたように感じて、反射的に跳び上がった。振り返って見ると、スーツケースの中のお湯が、ぐつぐつと沸騰《ふっとう》していた。どうやら彼女の嫉妬《しっと》の炎は収まらなかったらしい。

水蒸気がもくもくと立ち昇る。同時に、温泉の匂いが部屋じゅうに広がった。僕が何より愛する、彼女の匂いだ。

水蒸気となった彼女は、そのままドアの隙間を通って出て行った。部屋の中にはただ、空のスーツケースがむなしく転がっていた。

クジラすくいの夏

いしだみつや

おいおい息子よ。何度言ったら分かるんだ。金魚すくいだけは、駄目だと言っているだろう。何がいい？　射的《しゃてき》か？　くじびきか？　父さん、金魚すくい以外だったら、何でもお金を出してやるぞ。

「金魚すくいと花火は、夏の風物詩」だと？　どこで、そんなこまっしゃくれた台詞《せりふ》を覚えてきたんだ。駄目だと言ったら、駄目なんだ。我慢しなさい。

泣くんじゃないよ、男の子だろう。って、なんだ、泣き真似か。父さんをからかうんじゃないよ。まったく、分かったよ。それじゃぁ父さんが、代わりに面白い昔話をしてやろう。とは言っても、そんなに大昔じゃない。父さんがお前くらいの歳のとき、夏休みにあった本当の話だ。

†

実は父さん、子供の頃は金魚すくいが大層上手でな、一つのポイで十四でも二十四でも金魚をすくえたんだ。ああ、ポイっていうは金魚すくいの網のことだ。そうそう、その和紙が貼られたプラスチックのやつ。って、お前どこからそれを持ってきたんだ。油断も隙もあったもんじゃないね。まったく、親の顔が見てみたいもんだ。

なんの話だっけ。そうそう、父さんは、金魚すくいの達人だった。ポイがひどくてね、ある夏の縁日での金魚すくい屋では、一匹もすくえなかったんだよ。ポイがひどくてね、ちっちゃな赤金の尾びれに触れただけで破けてしまうシロモノだったんだ。だから、父さん金魚すくいのおじさんに言ってやったんだ。「おいおい、おじさん。流石《さすが》にポイがひどすぎるんじゃないの?」ってね。

そしたら、その金魚すくい屋のおじさんが、でっかく口を開《あ》けて笑って言うんだよ、「そんな文句をつけるのは、坊主、お前だけだ」だなんて。でも、声を潜めて、目くばせしながら、こうも続けたんだ。「とっておきの一匹やるから、黙って帰《け》えんな」。そう言うや否《いな》や、そのおじさんは、自前のポイでサッと桶《おけ》の中で泳いでいた、いっとう小さな黒い生き物をすくった。父さんは、そのポイさえ渡してくれれば、きっと簡単に何匹でもすくえたのに、なんて場違いなことを考えていた。そして、おじさんは、すくったばかりの、クジラをビニール袋にいれて、父さんに渡してくれた。

そう、クジラだ。父さん驚いたね。どこからどうみても立派なクジラだった。普通と違うのはサイズだけ。あんまり小さいんで、最初は黒い出目金《でめきん》かと勘違いしたくらいだ。父さんは、飛び跳ねるくらい喜んだ。だって、金魚すくいでクジラがもらえるなんてね。海老《えび》で鯛《たい》を釣るみたいなもんさ。

†

その夜は、家に走って帰って、お前の婆《ばあ》ちゃんと爺《じい》ちゃんに「小せぇクジラだぞ。本物だぞ」と見せつけ、自慢した。婆ちゃんは「はいはい、良かったね」と無関心だったけど、爺ちゃんからは「クジラは塩水に入れて飼う方が長生きするんだぞ」というアドバイスと「餌はやりすぎるな。すぅぐ大きくなってしまうからな」という脅し文句をもらった。

それで父さん、空《あ》いていた金魚鉢に、海水くらいのしょっぱさの塩水を入れて、クジラを飼い始めたんだ。金魚鉢に移したとき、クジラは潮《しお》を吹いて喜んだ。消しゴムくらいの大きさのくせに、「おおぉん、おおぉん」ってでかい声で歌っていたな。父さんは、すごく誇らしげな気持ちだったさ。なんたって、近所の友だち、いや大人連中だって、クジラなんか飼ってる人はいなかったからな。クジラに名前はつけなかった。だって、こんなに素晴らしいクジラなんて、世界に一頭しかいないんだから、ただの『クジラ』と呼べば十分だった。でもな、父さん、きっと調子に乗りすぎてたんだ。

†

クジラの餌ってなんだか知っているか。なんだ、知らないのか？　最近の学校は、大事なことをなんも教えてくれないんだな。小さな海老、オキアミってやつなんだが、そいつは、バケツに一杯でも二杯でも、商店街の釣具屋で安く買えた。父さん、本当にクジラが好きだったから、「大きくなれよー」なんて能天気に呼びかけながら、毎日クジラが腹いっぱい満足するまで、オレンジ色やら桃色したオキアミを喰わせていた。空中にオキアミを散らすように投げると、きれいな流線形をしたクジラが水中から飛び跳ねて、キャッチするのが楽しかったな。餌をやるたび、お礼をするみたいに潮を吹いた。クジラはみるみる成長していったよ。

最初の一週間で、早くも金魚鉢が手ぜまになっちまったんで、大きな水槽《すいそう》に移した。オキアミも倍、いや三倍は食べるようになってたからな、餌と水槽に、ってお小遣いだけじゃ足りなくって、こつこつ貯めていたお年玉を使う羽目になった。爺ちゃんからは「そら言わんこっちゃない、もう腹ペコのまんまにしとかないといけねぇぞ」と叱られた。そこで、やめとけば良かったんだ。でも、クジラが切なげに「おおぉん」ってねだるたびに、父さんは、オキアミをせっせとあげちまった。水槽の上にオキアミを放り投げるとクジラが飛び上がった。「ナイスキャッチ！」だ。飛んだクジラが水槽に落ち戻るたび、ざぶんと大きく波を立てた。部屋の灯りが、揺れる水面にきらきらと反射してきれいだったたな。

そうなっちまうと、後の祭りってやつだ。クジラを飼い始めて二週間経つ頃には、クジラはもう水槽にも納まり切らなくなってしまった。しょうがないから、水槽から風呂場に移してやったけど、父さんはもうパニックさ。お小遣いもお年玉貯金も使い果たしちまっていたからな、早晩オキアミが買えなくなるのは分かり切っていた。大きく育ったのに、餌は増やせなかったから、クジラもずっと腹ペコで悲しげな声で鳴いていた。風呂場だから無駄に反響が良くって、こびりついて離れない音色《ねいろ》だった。クジラは、鳴いたり、ばしゃばしゃと暴れたり、うちの風呂場は窓が大きかったから、近所迷惑になってしまいそうな騒ぎようだった。爺ちゃんは、カンカンに怒った。そして、「金魚すくい屋さんに返してこい！」って怒鳴ったんだ。

†

父さんは、その日の夕方、踏ん切りがつかないまま、クジラをくれた金魚すくい屋を探しに、となりの町でやってた縁日まで歩いて行った。道すがら、考えても考えても、あのおじさんに会いたいのか、会いたくないのか、自分でも答えられなかった。脳みそが溶けちゃうんじゃないかってくらい悩んだ。せっかく育てたクジラだったし、もし金魚すくい屋に返してしまったら、きっと二度と会えない。それに、あんな巨大になったクジラを金魚すくいのケチな桶になんか戻したら可哀想だとも思った。でも、いつまでも風呂場に置いとく訳にもいかないし、空腹で苦しむクジラなんて見たくなかった。クジラの悲しそうな声が、頭で何度も繰り返されたっけ。

でも、結局、見つけちまったんだ。人の波をぬいながら、露天の出店をのぞいていった先に、例のポイがひどい金魚すくい屋を。そのとき、なんだか足の力が抜けてしまってね。父さん、店先で座り込んじゃったんだ。「おい、この間の坊主じゃねぇか」と金魚すくい屋のおじさんが声をかけてきた。そこまでは良いんだが「商売の邪魔をすんじゃねぇ」とまで言ってきてね。無性に腹が立った。それでも、頼れるのは、そのおじさんしかいなかった。悔しいような、安心したような心持ちで、父さん、泣いちまった。我ながら、情けなかったね。おじさんは、意外にも何も聞かず、待ってくれていた。単にお客がいなかっただけかもしれないけどね。父さんは、ひとしきり泣いた後に、洗いざらい説明して、おじさんに助けを求めた。

「おい坊主」と金魚すくい屋のおじさんは、父さんの目をしっかりと見つめながら、いくつか質問してきた。「クジラは今日、腹は空いているのか」、「うん、空かせている」。「お前んちの風呂の窓は大きいか」、「うん、大きい」。「風呂からは空が見えるか」、「うん、窓を開ければ多分」。その後、おじさんは、父さんにどうすればクジラを助けられるか教えてくれた。あまり残された時間はなかった。秋が近づき、祭りと花火の季節が終わろうとしていたから。

†

父さんは急いで帰った。家に着くと、夜の七時だった。婆ちゃんが夕飯に焼きそばを用意してくれていた。爺ちゃんはテレビで歌番組を見ながら、晩酌《ばんしゃく》を始めていた。そして、屁なんかこきながら「それで、クジラは引き取ってもらえるのかよ」と聞いてきた。父さんは、爺ちゃんの屁を嗅《か》がされながら、無言で焼きそばをかき込んだ。爺ちゃんは「ふん」とだけ言って眠り込んじまった。食べ終わると、八時まで残り五十分しかなかった。

父さん、クジラは空腹なのに、自分だけが夕飯を平らげたことは、いまでも反省している。色々考えながらだったんで、頭が回らなかったんだな。後は、金魚すくい屋のおじさんに教えられた時間まで、クジラと遊んで過ごした。とはいっても、クジラはそのころには、空腹なのに餌をくれない父さんに対してご立腹で、尾びれを使ったり、潮を吹いたりして、あの手この手で父さんを濡らそうとしてきた。まったくの恩知らずだったよ。

ひゅるるるぅー、どっかーん
ひゅるるるぅー、どっかーん

八時になった。金魚すくい屋のおじさんが言っていた通り、定刻しっかりに、花火があがる音がした。いよいよだった。父さん、ちょっぴり躊躇《ためら》った。でも、クジラの黒々とつぶらな目を見ているとと決心ができたんだ。だから、花火の音がもう一度聞こえたその瞬間、父さんは、風呂場のすりガラス窓を開け放った。クジラの目に、青や黄色の花火が映り込むのが見えた。「あれ？　おじさんが言っていた反応と違う」父さんは焦った。でも、次にオレンジ色や桃色の花火があがった瞬間、クジラが「おおぉん、おおぉん」と大きく吠えた。クジラが餌をねだるときの声だった。どこかで、つられて犬も遠吠えしていた。

ひゅるるるぅー、どっかーん
ひゅるるるぅー、どっかーん

おおぉん、おおぉん
おおぉん、おおぉん

「ほら、お前の好きなオキアミが空に舞ってるぞ」と父さんは、風呂場の窓から乗り出し、花火を見上げながら、クジラに語りかけた。クジラは首をかしげるように、こちらを振り返った。二週間、嫌というくらい見てきたから分かったが、晩夏の夜空に上がる花火は、オキアミのように見えた。『空のオキアミを腹ペコのクジラに見せること』が金魚すくい屋のおじさんに教わった解決方法だった。

「行け！　たらふく食ってこい！」と父さんが叫ぶと、ぶるっと体を震わせ、クジラは大きく鳴いた。二度、三度と鳴いた。クジラが尾びれを大きく振ったせいで、窓枠のふちに立っていた父さんは、ざんぶと浴槽の中に滑り落ちてしまった。すると、父さんと入れ替わるように、クジラが浴槽から飛び上がった。風呂場の天井に、クジラは浮かんでいた。浮かぶクジラは、父さんの方を振り返って、ほんの少しだけ頷《うなず》くようにお辞儀をした。そして、クジラは、窓枠をぶち抜いて、庭の垣根を越え、隣の家の屋根を越え、オキアミを求めてぐんぐんと黒い夜空向かって泳いでいった。

父さんは、浴槽の中で、全身すっかり塩水につかっていた。頬をちろりと舐めると塩辛かったのを今でも覚えているよ。風呂場から、すっかり壊れちまった窓越しに、クジラがオキアミを腹一杯食べるのを見守った。遠くで見るクジラは、黒っぽい影にしか見えなかったけど、父さんにはクジラが旨そうにオキアミを食べるのがしっかりと分かった。だって、その日のオレンジ色や桃色の花火には、くっきりとクジラの形をした影ができていたんだから。「ナイスキャッチ！」と父さんは、何度も歓声を上げた。三十分もすると、花火も終わったが、クジラは帰ってこなかった。だって、黒い夜空には、まだまだオキアミが広がっていたから。白や青もあるけど、オレンジ、桃、赤に光る星がある。クジラは、宇宙めがけて、ざぶんざぶんと空の大海原を漕ぎ分けていった。父さんは、ずっとその影を眺めていた。

†

それ以来、晴れた夏の夜には、くじら座が見られるようになったとさ。おしまい。

どうだい、父さんの昔話、面白かっただろう？　え、「くじら座は冬の星座だし、ギリシア時代からある」だって？　本当に小利口な子どもだよ、お前は。

でも、どうだい。父さんがなんで金魚すくいを駄目だと言うのかは分かっただろう？　うちにはクジラを飼ってる余裕なんかないんだよ。ええ？　分かった、分かった。そこまで粘るなら良いよ。その代わり、一回だけだぞ。ほら、行ってこい。まったく、泣く子と地頭《じとう》には勝てないとはよく言ったもんだ。ん、どうした？　お金はついさっき渡しただろう。え、もう破けちまったのかい？

おいおい。おじさん流石《さすが》にポイがひどすぎるんじゃないの？

ナノビークル過去への旅

清《し》本《もと》一《いつ》磨《ま》

西暦二二八〇年、地球上のすべての植物が滅びた。

原因はウイルスだ。人間やほかの動物には影響がない。だが植物にとっては致死率百パーセントの恐ろしいウイルスだった。

植物のＤＮＡのみを破壊するその未知のウイルスは、ちょうど一年前に姿を現した。人々が慌《あわ》てふためくうち、ウイルスは瞬《また》く間に地球全土に広まった。当時の人類に、それを防ぐ手だてはなかった。

一年後、ようやくウイルスに対抗する手段が発見された。ウイルスから植物のＤＮＡを守る科学的な手法が。だがそのときには、すでに地上に植物は残されていなかった。どんなに厳重に保管したつもりでも、あらゆる植物はウイルスに蝕《むしば》まれていた。

植物が絶滅すれば、当然人間も生きてはいけない。残された世界政府は、莫大な資金を投じ——実際、残ったほとんどのリソースが費やされた——そして科学の粋《すい》を結集したある発明品を作った。

ナノマシンによって構成された、超小型のタイムマシン。それが人類の最後の希望だった。

今から数時間後、とある施設のコントロール室から、そのタイムマシンが過去の時代へ向けて送り出されようとしている。

アルマ・シュタイナー博士。彼はタイムマシン理論を世界で初めて実用化した人物である。

時空のどこかに開《あ》いている、ワームホール（虫の穴）と呼ばれる穴。その穴を通れば時間をさかのぼることができることは昔から知られていた。博士は実際にワームホールを発見し、それを、わずかに広げることに成功した。そう、ごくわずか、虫が通れる程度の大きさに。

小型タイムマシン、ナノビークルの開発は、博士の主導のもと行われた。ナノビークル自体は、簡単に言えば、単なる極小のドローンのようなもの。それがワームホールを通ることで、過去のある時点へさかのぼることができる。必要なのは、植物のＤＮＡだ。ウイルスに蝕まれる前の、完全なＤＮＡが必要だった。

完全なＤＮＡがあれば、新技術と遺伝子組み換えを用いて次々と植物を復活させることができる。つまり、たった一本の木……いや、葉の一枚でもいい。健康な植物の一部がありさえすれば、科学の力で世界を救うことができるのだ。

ナノビークルで、ただわずかばかりのＤＮＡを持ち帰る。極小で壮大な作戦が、決行されようとしていた。

今、博士と、作戦の指揮をとるバーデン大佐はナノビークルの最終点検に立ち会っている。

広い実験室で何名もの技術者たちに囲まれて、ナノビークルの整備が行われていた。

「マシンはどこです」

視力の悪い人のように、両目を細めながらバーデン大佐は言う。

「彼らの真ん中にありますよ」

博士がそう言って、壁のモニターを指さす。モニターには、拡大されたナノビークルが映っている。

改めてナノビークルをまじまじと確認したバーデン大佐は、少々自嘲気味に言った。

「虫みたいなマシンですな。……ワームホールを通るマシンとしては、丁度いいのかもしれんが」

博士はクスリともせずに、答える。

「じっさい、虫を模《も》して作られているのです」


出発の三十分前。博士は休憩室でコーヒーを飲んでいた。

本当は一人で心を落ち着けたかったのだが、あいにく博士は一人ではなかった。博士の前に座っているのは、かつて博士の元で働いていた一人の助手だった。かつて博士の元で……そう、たった今日の朝まで。

今朝、博士は彼を馘《くび》にしたのだった。能力は高いが、考え方の甘い青年だ。この任務を遂行するには足手まといだと判断した。

「それで、何かね。処遇について文句があるとでもいうのかね」

博士が訊ねる。休息のときを邪魔された博士は不機嫌だった。

「そうではありません。一言だけ進言したくてやってまいりました」

「進言だと？」

「博士、あなたには人の心が欠けています」

元助手の言葉に、博士は思わず吹き出しそうになる。

「はは。やはり馘にされたことを怒っているんじゃないか」

「いいえ。私のことは別にかまいません。それよりも、心配なのです。あなたのその性格」

「心配ご無用。私は君の助言などなくてもやっていけるよ」

「しかし……」

元助手が言いかけた瞬間、博士はぴしゃり、と自分の右頰を叩いた。

「うるさいコバエだ」

不機嫌そうに右手をひらひらと振る。元助手は、無言でしばらく見つめる。

「あなたには、自分以外の生物に対する思いやりが欠けているような気がしてならないのです」

ようやく元助手はそれだけ口にした。博士は呆れた様子で答える。

「言いたいことはそれだけかな？　私にはやらなければならないことがある。失礼」

作戦は順調だった。そう、ある時点までは。

マシンは、支障なく作動した。ナノビークルに搭載されたカメラからの映像も、コントロール室のモニターに綺麗に映し出された。

ワームホールへの突入も、うまくいった。もちろん出発は問題ないはずだった。この研究所は、ワームホールを覆うように建てられたのだ。大事なのは、過去へさかのぼってからだ。

だが、心配はいらなかった。過去へさかのぼっても、映像はきちんと送られてきた。博士の設計は間違っていなかった。現代にいながら、過去にいるマシンを操作できたのだ。

そして、モニターに樹木が立っているのが映し出されたとき、コントロール室は沸いた。しばらく目にすることのなかった、健康な緑。

マシンは樹木からDNAをうまく採取してのけた。モニターを監視する博士たちも、満足そうだった。

「あとは、帰還させるだけだ」

「気を抜かないでくれたまえ」

そういう大佐の声も、心なしか明るい。計画は成功だ。これで人類は救われる。誰の目からも明らかに思われた。

だが、事ここに至って、のっぴきならない事態が発生した。

「鳥だ！」

モニターに、ナノビークルを狙う鳥の姿が映し出された。そこにいた全員の顔がみるみる蒼白になる。もし、鳥がマシンを虫と間違えたら？　鳥がマシンを補食したら？……世界の終わりだ。

「博士、逃げるんだ！」

大佐が叫ぶ。博士は言われる前に動き出していた。すばやくマシンを手動操縦へ切り替えるよう指示し、樹木から飛び立たせる。

しかし……何たること、鳥がマシンを追ってくるではないか。

「緊急退避！　緊急退避！」

コントロール室に警告音が鳴り響く。

博士はマシンを全速でワームホールの中へ飛び込ませた。とにかく、鳥に食べられるのだけは避けねばならなかった。

博士のその判断が奏功し、間一髪《かんいっぱつ》のところで何とか鳥から逃れることに成功した。

「よし。時空トンネルの中までは追ってこられない」

「危なかった……」

ホッと一息つくまもなく、大佐の声が響く。

「博士、あれは何です！」

モニターに、砂嵐のような模様が映し出される。博士は叫んだ。

「時空乱流だ！」

「何です？」

「何らかの原因で発生した時空の乱れが……説明している暇はない、とにかく脱出しなければ」

博士は必死でコントロールパネルに向かった。モニターを食い入るように見つめ、指示を出す。世界は、彼の手にかかっていた。

数分後、博士は流れる汗を拭いながら立ち上がった。大佐が訊ねる。

「博士、どうなったのです」

「何とか、うまくやりおおせました」

歓声と拍手が起きた。地球は救われたのだ。

「しかし……」と博士は言う。「時空乱流の影響でカメラが壊れた。それに多少、到達時刻が遅れたようだ」

「というと?」

「マシンの到着まで数時間かかる可能性がある」

「何ですって。一体どうすればいいのです」

「なに、しばらく待つだけですよ。問題はない」

「おい、お前たち、急いで準備するんだ！　マシンの到着を見逃すな」

必死で皆に指示するバーデン大佐を見やり、博士はやれやれとため息をつく。

「慎重にお願いしますよ、何せ、世界の命運がかかっているんだ」

しかしもう大丈夫だろう。一番の難所は乗り切った。マシンは、無事、使命を果たしたのだ。——そして、私も。博士は、一息つこうとコントロール室を出た。


休憩室でぼんやりとコーヒーを飲む博士。

「冷えている」

博士は文句を言う。誰もコーヒーの温かさにまで気が回らなかったのか。

「ふん」

鼻を鳴らし、コーヒーの水面を見つめる。小さな渦ができていた。渦は不規則な模様を描きながら、ゆっくりと水面を移動している。その瞬間、博士は自分の計算の間違いに気づいた。

「時空乱流の乱れ……遅れるだけではない。早まる可能性もあるではないか！」

慌てて立ち上がる。大変だ。ナノビークルはすでに到着している可能性がある。

「早く伝えねば……」

と、突然、先ほどの元助手とのやり取りを思い出す。

（あなたのその性格）

あのとき、私は何をしたのだったか？　元助手が、何かを言いかけたとき……。

（しかし……）

と元助手は言った。

その瞬間、コバエが頰にたかり、私はぴしゃり、と叩き落したのだ。

もしかして、もしかして、あれは……。

博士は真っ青になって椅子にへたりこんだ。元助手の、言葉の続きが博士の頭へこだまする。

（あなたには、自分以外の生物に対する思いやりが欠けているような気がしてならないのです）

産負人科

齊藤　想

カラン、と診察室の扉に付けられたドアベルがなった。少しの間があって、おどおどとした様子の女性が扉の隙間から顔を出してきた。

年齢は三十代後半だろうか。目に光がなく、肌もくすみ、いかにも人生に疲れきった表情をしている。

彼女はまだ受診を躊躇《ちゅうちょ》しているようだ。負のオーラを身にまとってしまうと、些細《ささい》なことが気にかかり、前に踏み出せなくなる。

彼女は重症だ。私はそう判断した。

「本当に、診《み》ていただけるのでしょうか」

私は軽い笑い声をあげた。

「もちろんです。どうぞ、こちらにお座りください」

私が右手で丸椅子を勧めると、彼女はほっとした様子で、診察室に入ってきた。

丸椅子がきいっと小さな音を立てた。

私はさり気なく彼女の下腹部に目を走らせる。少し膨《ふく》れている。間違いない。〝妊負〟だ。彼女は体内に〝負〟を宿している。

妊負とは、負のエネルギーを取り込んでしまった人間のことだ。このまま体に宿している負を成長させてしまうと、妊負だけでなく、妊負にかかわるすべてのひとが不幸になる。負は早めに体外に排出させせなければならない。だからこそ、〝産負人科〟の出番なのだ。

彼女が妊負初期の段階で気が付いたことは幸運とはいえ、事は急を要する。

私は白衣の襟《えり》を正し、親しみやすい表情で彼女に語りかけた。

「いろいろと辛いこともあったでしょう。急がなくてもかまいません。いまからゆっくりと話を聞かせてください」

この診察室には、患者の心を落ち着かせる様々な工夫がなされている。

診察室の南側には大きな窓が配置されており、天気の良い日は自然光が燦々《さんさん》と降り注ぐ。庭には草木が溢《あふ》れ、四季の花々や果実に群がる昆虫や野鳥が、患者の心を和《なご》ませる。キンカンの実をついばんでいたヒヨドリが、何かに驚いたのか「ヒーヨ」と鳴きながら飛び去った。

彼女は大きな息をついた。そしてこくりと頷《うなず》くと、いままでの不幸について、ぼそぼそと語り始めた。

一時間はたっただろうか。

彼女の不幸話は、素直に言えばよくある話だ。小学校時代に受けたイジメ、容姿をからかわれ続けた中学時代、受験の失敗で希望ではない高校で過ごした三年間、なんとかして結婚した旦那の不倫。

彼女の失敗は、小学校時代のイジメへの対処を誤ったことだろう。ひとは時として戦わなくてはならない。その戦いから逃げてしまったというマイナスイメージが、自己評価の低下をもたらし、あらゆることに消極的となり、結果として自ら負を招き入れてしまった。

だれにでも不幸はある。問題は、その不幸をどう乗り越えるかだ。

負の恐ろしさは、一度着床《ちゃくしょう》してしまうと、あらゆる不幸をエネルギーにして成長してしまうことだ。

「傘を忘れた日に限って、にわか雨が降ってくる」「今年の花粉症はひどい」「人身事故のせいで電車が遅れた」

この程度の不幸でも、この世の終わりのように感じてしまう。

そうして、彼女が感じた不幸をエネルギー源にして、負はさらに成長してしまう。

私は、全てを包み込むような表情で、彼女に語りかけた。

「貴方《あなた》の負を産み落としましょう。いつまでも過去の失敗に囚《とら》われていてはダメです。新しい自分に生まれ変わるのです」

私は彼女に契約書と万年筆を差し出した。

彼女は泣きながら、内容を読むこともなく署名欄にペンを走らせた。


負を産み落とした彼女は、すっきりとした顔で処置室から出てきた。何度も感謝の意を告げられた。「いままでの人生は全部捨てて、本当の人生を取り戻します」と力強く宣言してから産負人科を後にした。

彼女が立ち去ったあとで、私は産み落とされたばかりの負をビンに詰め、愛おしく眺めた。

なぜ人間はこうも簡単に負を切り捨ててしまうのだろうか。マイナスも人生の一部ではないのか。負は人生を楽しみ、自らを成長させるためのスパイスではないのか。

私は新しく手に入れた負を、保存室に並べた。負とはいえ魂の一部だ。産み落とされた数だけ、人類の魂が蓄えられていく。

いつしか、この負の魂が集まり、大いなる災厄が誕生するであろう。負を切り落とし、成長することを忘れた人類にその災厄に対抗するすべはあるだろうか。ただ、自らの不幸を嘆き、産負人科にかけこむだけなのではないか。

もうすぐ、われわれの時代が来る。

産負人科医を名乗る悪魔は、その日がくるのが楽しみでならない。

雑貨の赤ちゃん

望月滋《しげ》斗《と》

クリスマスの夜、街路樹に巻き付いた電飾はこれ見よがしにわざとらしい光を放っていた。

そのまぶしさを見かねた俺は思わず裏通りへと入り、暗がりの中をあてもなくただ歩いた。

ほどなくして、ふと、目の前にぼんやりと仄明《ほのあ》かりを放つ小さな雑貨屋が現れた。

俺に愛《いと》しの恋人がいるわけでもない。ましてや、クリスマスプレゼントを待ち望む我が子がいるわけでもない。でもなぜか、どうしても入らずにはいられない衝動に駆られた。

自分が自分にプレゼントを贈るクリスマスがあったっていいじゃないか。そう自分に言い聞かせ、俺は店のドアを引いた。

「メリークリスマス」

そう言って俺を迎えてくれた主人は赤いセーターを着て、口元には真っ白い髭《ひげ》を生やしていた。その姿はまるでサンタクロースそのもので、俺はその出会いに勝手にうきうきしていた。

「どうぞご自由に店内をご覧になってください」

主人の言葉に、手始めに近くにあった棚に視線を落とした。棚には物がとにかく雑然と置かれていたのだが、その中でも俺はある一つの傘に目を奪われたのだった。

開いて置かれたその傘は手のひらサイズで、まるでキノコのようだった。たとえ、歩けるようになったばかりの子どもが持つとしても小さすぎる。

不思議がってまじまじと眺めていると、一瞬、その傘と目が合った気がした。そのときだった。傘がバサリと音を立て、勢いよく閉じてしまった。

俺が目を丸くしたまましばらく経つと、傘はふたたび開いた。ところが、目が合ったと感じた途端、すぐにまた閉じてしまうのだった。

そんなことを繰り返していると、こちらに近寄ってきた主人に声をかけられた。

「お客さん、もしかしてこの店は初めてですかな？」

「はい」

「そうでしたか。それでは少し説明が足りなかったかもしれません」

主人は微笑《ほほえ》んで続けた。

「実は、この店は生まれたばかりの雑貨屋でしてねぇ」

「はあ」

はじめは、この雑貨屋は主人の見た目とは裏腹に創業して間もない店なのだと解釈した。しかし、『生まれたばかりの雑貨屋』とは、どうやらそういう意味ではなかった。

「生まれたばかり。いわば、雑貨の赤ちゃんを集めた店なんですよ」

「……雑貨の、赤ちゃん？」

「ええ。世に出回っている雑貨は、子ども時代を経て立派な大人になった物ばかりでしてねぇ。ですから、不良品に出くわすこともほとんどないわけです。しかしながら、この店に置かれた雑貨は皆がまだ赤ちゃんですから、普通に考えれば不良品ばかりです」

そして、と主人は言葉を継いだ。

「決して一人では大人になれないというのは、人間も雑貨も同じことでしてねぇ。よって、この店に置かれた雑貨の赤ちゃんたちは親になってくれる人に買われるのを待っているわけです」

「なるほど……」

「どうです？　これを機にどれかの親になってみては」

俺は愛想笑いを浮かべたあと、先ほどの小さな傘に視線を戻した。するとまた、開いていた傘はバサリと音を立てて閉じてしまった。

「お分かりかとも思いますが、その子は傘の赤ちゃんでしてねぇ。とてもシャイな性格が故に、目が合うと咄嗟《とっさ》にからだを閉じてしまうみたいです」

これが赤ちゃんなのだと思うと、なんともいじらしく見えてきた。

「この子も、いつかは立派な大人の傘になるんですよね？」

好奇心に満ちた口調で訊《き》くと、主人は誇らしげに笑って答えた。

「育て方にもよりますがね。この子のエサは雨粒ですから、良質な雨風にさらしてやるほど、どんな天気にも負けない、強くて大きな傘に成長してくれることでしょう。もしくは、日差しにさらしてやれば日傘にだってなれるかもしれません。可能性は無限大です」

「奥が深いんですねぇ……」

俺は感心して、それ以上言葉が出てこなかった。

続けざまに店内を見て回ると、多種多様な物――雑貨屋だから当たり前なのだが――の赤ちゃんに出会うのだった。そのたびに主人は、それが何の赤ちゃんで、どんなエサを与えるべきかを教えてくれた。

オルゴールの赤ちゃんは、一切の装飾も成されていないシンプルな小箱から、穢《けが》れを知らないぴかぴかのゼンマイがにょきりと生えていて、ためしにそれを一巻きしてみると、健気《けなげ》にチロンと一音鳴るだけであった。エサは音楽で、どんな音を聴かせるかによって大人になってから奏《かな》でる曲にも影響が出てくるらしい。

小指ほどの小さな筒状のガラスに細かい砂が入っていて、両端が木の板によって封じられたそれは砂時計の赤ちゃんであった。エサは時計の針の音で、正確な時間感覚をたたき込むのだという。これから日が経つにつれて背は伸び、さらには筒状のガラス部分に砂時計らしいくびれができてくるらしい。

気づけば、俺は雑貨の赤ちゃんたちの虜《とりこ》になっていて、今夜を境に、どれかの親になろうと決心していた。だが、どの赤ちゃんも育て甲斐があるようで魅力的に見えてしまう。

次の瞬間、着ているコートの裾が引っかかったのだろうか、背後にある棚から床へ何かが落ちる音がした。

振り向くと、床に転がっていたのは飴玉《あめだま》ほどの小さなガラス玉であった。俺は足下へと転がってきたそれを思わず手に取った。中にはラメのようなものが入っていて、店の明かりに照らすと夜空に浮かぶ星のようにちらちらと輝いた。

「その子はちょうどさっき生まれたばかりの子でしてねぇ。もしかしたら運命かもしれませんよ。ぜひ、その子の親になってみたらどうです」

ちょうどどの赤ちゃんを買おうか決めかねていたところだったので、俺はようやく頷《うなず》くきっかけをもらい二つ返事で答えた。

「それじゃあ、この子にします」

主人はうんうんと大きく頷いて、「お似合いだ」と言った。

レジでお金を支払うと、主人は袋に入れるほどでもないそのガラス玉を俺に手渡した。

「エサは何を与えたらいいんでしょうか」

親になれることへの浮ついた気持ちで、危うく聞きそびれるところだった。

「エサは、とにかくいろんな景色を見せてやってください」

「分かりました。では」

店を出ようとドアに手をかけると、主人が訊いた。

「その子がなんの赤ちゃんかは聞かなくていいんですか」

「ええ。何もかも聞いてしまったらつまらないので」

俺が照れたように笑ってみせると、主人もニカッと笑い、手を振って送り出してくれた。

帰り道、俺はこのガラス玉の親として初めてのエサやりをした。クリスマス仕様に飾られた街の中を、ガラス玉に見せるようにしてゆっくりと歩いたのだ。

そのガラス玉がなんの赤ちゃんであるかが分かったのは、年を越し、すっかりコートがいらなくなったある春の日のことだった。

俺は外の景色を見せに行こうと、日々すくすくと成長しピンポン球ほどの大きさになっていたガラス玉をいつものように手に取った。見ると、いつの間にか土から顔を出していたタケノコのように、あるいは雪解けとともに姿を現したフキノトウのように、ガラスの底からこぢんまりとした赤い屋根の一軒家が生えていたのだ。

まさかと思いひっくり返してみると、銀色のラメは中で散らばり、まるで雪のようにゆらゆらとスローモーションで舞い始めたのだ。

「まったく、君はスノードームの赤ちゃんだったんだね」

そう言ってガラスの表面を撫でてやると、ドームは喜びを露《あら》わにしたようにもう一度雪をふわりと吹き上げて見せた。

その日を境に、俺はドームの感情を読み取れるようにもなっていった。美しい景色を見せたときは雪が微笑むように柔らかく舞い、機嫌が悪いときは雪が竜巻のように渦を巻いた。

また、ドームの中の風景も変化していった。日が経つごとに一軒、二軒と家は増え、やがてビルが建ち並び電車も通るようになると、それはれっきとした街になった。

しかし、ドームの成長は順風満帆《じゅんぷうまんぱん》なだけではなかった。

それは、ドームにとって最も季節外れな夏を乗り越え、Tシャツ一枚だけでは肌寒くなってきた頃だった。その頃から、ドームは内に作り出す街の風景をいまいち定められずになってきたのだ。

ビル群ができ、都会を象徴するようなタワーが建ったと思えば、次の日になるとそこは更地《さらち》になり、雪だるまを作って遊ぶ子どもたちがいたり、お寺の境内《けいだい》になっていたりする。大きなクリスマスツリーの横に、サンタクロースが立っていたこともある。それは思春期特有の、進路に思い悩む姿だった。大人になろうと必死にもがいていたのだと思う。

やがて、ドームは反抗期を迎えた。ドームの中が、殺風景なまでに何もかもなくなってしまったのだ。もちろん、親の俺が何をいくら話しかけてみても、美しい景色を見せても、いつだって反応はなく無視されるばかりだった。それどころか、無理矢理にドームをひっくり返してみても、雪は意地でも地面についたままで決して宙を舞うことはなかった。

ドームのそんな態度に、いつしか俺は苛立《いらだ》ちを募らせていた。

「外に夜景でも見に行くかい？」

訊いても、相変わらず反応は返ってこなかった。

「ほら、今夜は星空も綺麗だろうからさ」

溜め息混じりにもう一度話しかけても、ドームは沈黙を貫くままであった。俺はもう我慢の限界を迎えた。

「お前なんか、割れてしまえばいいんだ！」

俺はそう叫びながらドームを手に取り、思い切り振り上げた。が、ひと呼吸おいてから

やはり冷静さを取り戻した。

「あぁ、つい……」

俺はドームを元の棚にそっと戻してやった。すると、ドームがコロコロと棚の上を転がり落ち、そのままベランダの窓を突き破って逃げてしまった。

俺は急いで外へ出ると、ドームを探しに街中を走り回った。雑貨屋があるあの裏通り、よく二人で夜景を見に行ったあの丘、走る車のヘッドライトに照らされて輝く歩道橋……どこを探してもドームの姿はなかった。交番や、道行く人々に尋ねてもみた。けれど、人々は皆、転がっているスノードームを見かけなかったかと騒いでいる俺のことを「頭がおかしい」とからかうばかりだった。

とうとう肩を落としたまま、俺は公園のベンチにひとり腰かけた。

そのときだった。前方から土を蹴る足音がして、俺は思わず顔を上げた。そこには、ギラギラと闇に染まった目つきの野良犬がドームを口にくわえて立っていたのだ。

すぐさま俺は立ち上がり、ドームを取り返そうと野良犬に向かって一心不乱に腕を振り

回した。

近寄ると、野良犬は毛がバサバサと逆立《さかだ》っていてより大きくおぞましく見えた。ドームをくわえた口元でキラリと光る歯は鋭く、噛《か》まれたらひとたまりもないだろう。それなのに、何が俺をここまで突き動かしているのか。取り戻そうとしているのは、たかが物なのに。ただの雑貨に過ぎないのに。

野良犬はドームをなかなか放そうとしなかった。しかし、俺はその一瞬を見逃さなかった。吠えようとしたのだろう。野良犬の口元が緩《ゆる》んだ隙に、俺はドームを奪い取った。

野良犬は今にも襲いかかってきそうな剣幕で俺をにらみつけ、何度も吠えた。

と、次の瞬間、手に持っていたドームが真っ白い閃光を放った。

まぶしくなって目を閉じ、ふたたび開けるとそこには、目がくらんでふらふらとどこかへ逃げていく野良犬の姿があった。俺はほっと胸を撫で下ろし、もう一度ベンチに腰かけてドームに語りかけた。

「……ごめんな。割れちゃえばいいなんて、本心じゃないんだ」

目に涙が滲んで、視界がゆがんだ。涙を拭《ぬぐ》うと、ドームの中もしとしとと湿り雪が降っているのが見えた。

「さっきは助けてくれてありがとうな」

濡れた声でそう語りかけると――都合の良い解釈かもしれないが――「こちらこそ」と言わんばかりに雪が吹き上がって舞った。

翌朝、棚に置かれたドームを見ると、その姿に変化があった。

昨日まで不安定な球体だったそれは、どしりと安定した木の土台に支えられていた。中の風景はというと、青いベンチに一人の男が座っているというだけのとてもシンプルなものになっていた。そして、その男が俺を模した人形であるということはすぐに分かった。よく見ると、男は輝くガラス玉のようなものを両方の手のひらで大切そうに包み込んでいたからだ。

それからというもの、ドームの中の風景が変わることはなかった。赤ちゃんだったドームが大人になったということである。それは喜ばしいことではあったが、同時に一つ心に引っかかることもあった。

ドームが一切の感情を示さなくなったのだ。かつては、ドームが自発的に雪を舞わせ、俺はその雪の舞い方を見ることで感情を読み取っていた。しかし、大人になったドームは俺がひっくり返したときにだけ義理のように雪を舞わせ、舞い方も物理法則に従ったつまらないものになってしまった。

ドームを雑貨屋に持っていき、そのことを尋ねると主人はこう答えた。

「……寂しいことではありますが、雑貨は大人になると感情を示してくれなくなってしまうんですよ。それはもうどうしようもないことでしてねぇ」

俺は思わず溜め息をついた。

「けれども、お客さんとスノードームとの思い出は、こうしてガラスの中の風景として刻み込まれているではありませんか。それはとてもとても立派なことです」

主人は俺の肩に手をあてて続けた。

「ぜひ、私にも見せてくれませんか。雪が舞うところを」

「……ええ」

俺は涙ぐんで頷き、ドームを主人の顔の前まで持ち上げた。そして、俺は一つ深呼吸をしてから、感無量の面持《おもも》ちでドームをひっくり返して見せた。

そのときだった。ドームから床に向かって何かが落ちて、なにやら聞き馴染《なじ》みのある音がした。それはこのドームと出会った、クリスマスの夜に聞いたあの音だった。

床に視線を落とすと、それは予想していた通りの小さなガラス玉であり、俺の足下へと転がり寄ってきていた。

主人が明るい口調で言った。

「おお、これはめでたい。大人になったスノードームが赤ちゃんを産みましたぞ。これを機に、お客さんはこの子の祖父になってみてはいかがです」

俺は顔を上げると、「もちろんです」と頷き笑った。

文豪コイコイ

天野大空《だいすけ》

昔の文豪が姿を現すようになった。文豪だけではなく、国語便覧《びんらん》に載っているような詩人、俳人、歌人なども、あちらこちらに出現しているらしい。

すると、捕まえて仕事をさせようとする者たちが現れはじめた。なぜなら、未完の作品の続きを書かせたり、新作を書かせれば「出版不況もどこ吹く風」とばかり、飛ぶように売れるからだ。そこで、私もまだ捕まっていない文豪を探すことにした。

まずは情報収集。

過去の事例を調べてみたところ、川端康成《かわばたやすなり》は伊豆で捕まりかけたがうまく逃げ、結局、雪国で捕まったそうだ。三島由紀夫《みしまゆきお》は伊勢湾の小さな島で泳いでいるところを漁師に見つかったが、なんと京都まで泳いで逃げたそうだ。その後金閣寺で見かけたとの噂もあったが、どうやら今は東京大学に潜んでいるらしい。今までに確認された中で最も古い情報としては、紫式部《むらさきしきぶ》と清少納言《せいしょうなごん》が京都で捕獲されたんだとか。

でも、自分の力だけで探すのには限度がある。私は通信販売で「文豪コイコイ」という捕獲キットを買った。文豪を感知するレーダー、竹刀《しない》ぐらいの大きさのくっつき棒、国語便覧、人が入るぐらいの投げ網、ぐるぐる巻きにするためのロープが入っていた。

さっそく私は捕獲グッズを入れたリュックを背負い、レーダーと国語便覧を手に町へと出かけた。

ターゲットは……。

私はレーダーに「夏目漱石《なつめそうせき》」をセットした。マニュアルによると、近くに目標の文豪がいるとレーダーがチカチカと点滅して教えてくれるそうだ。そして、くっつき棒を地面に置いて吸引スイッチをオンにすると、文豪が吸いつくんだという。

私は、いそいそと町を歩きまわった。すると、町の中心部にさしかかったところで、レーダーがチカチカと瞬《またた》いた。

「え、ここ？」

人がたくさん歩いている。でも漱石の生家が近いわけではないし、彼が通っていた学校の近所でもない。だけど、可能性はゼロじゃない。もしかしたら、人混みにまぎれているのかも。

「よし。夏目漱石、コイコイ」

私は吸引スイッチをオンにした。すると、あちこちから本が飛んできて、くっつき棒にくっついたのだ。それは、通行人が持っている夏目漱石の小説と、近くにあった本屋さんの店内から飛んできたものだった。

「ごめんなさい、ごめんなさい」

どうやら本人だけでなくて、漱石由来のものはなんでも吸引してしまうらしい。私は何度も謝り、小説の持ち主と本屋さんに本を返した。破れているものは弁償した。もう、さんざんな目にあってしまった。

「町中じゃあダメだ」

反省した私は、今度は人気《ひとけ》のないところへと向かった。だって漱石はお宝中のお宝だ、探しているやつは私の他にも大勢いる、だからきっと人里離れた場所に隠れている、と推測したからだ。人が隠れるのは、森の中とかそういう場所だろう。漱石も、人目につかないところで息をひそめているに違いない。

町から離れ、どんどんと歩いていったところ、うっそうと暗いしげみを見つけた。獣《けもの》道《みち》のような細い一本道が、奥の細道に見えてきた。もしかすると、松尾芭蕉《まつおばしょう》が隠れているかも。なぁんて思っていると、文豪コイコイのレーダーがチカチカと光った。

「え？　ここに夏目漱石が？」

本当に隠れているのかもしれない。私は茂みをかきわけて、奥へと入っていった。レーダーの点滅が激しくなる。近くにいる!

「よし。コイコイ」

吸引スイッチを入れた。

「わあ」

その途端、たくさんのお札がくっついてきた。ひらひらと宙を舞っては、文豪コイコイにしゅるっと貼りついてくる。なんだろうと思って手に取ってみると、夏目漱石の肖像画が描かれてあった。昔の千円札だ。

「なんで、こんなにいっぱい?」

不思議に思った私は、お札が飛び出してくる辺りを調べた。すると、そこには風呂敷包みが。そして、少し緩《ゆる》んだ結び目からお札が飛び出し続けていた。

きっと落とし物だろう。警察に届けないといけない。私は風呂敷で千円札を包みなおし、強く結んだ。

そして交番に向かおうとしたところ、「ガサゴソ、ガサゴソ」茂みの奥から物音が聞こえてきた。誰かいる!

私は音の方へと進んでいった。

「誰⁉　夏目漱石⁉　……嘘！」

姿を現したのは芋粥《いもがゆ》入りのお椀《わん》を片手に持った着物姿の芥川龍之介《あくたがわりゅうのすけ》だった。どうやら、藪《やぶ》の中に隠れていたようだ。

「よし。芥川龍之介、確保！」

そして蜘蛛《くも》の糸まみれになっていた芥川龍之介を出版社に連れていくと、満面の笑みを浮かべた社長が揉手《もみて》で私を迎え、「芥川は、一度みかん畑で発見されたけど、トロッコに乗って逃げていたんだ」と教えてくれた。その後、藪の中で隠れていたところを私が発見したというわけ。これで『或阿呆《あるあほう》の一生』や『歯車』などの完成版が書かれると、ベストセラーは間違いない。私は、まとまったお金をもらうことができた。

それから、千円札がつまった風呂敷包みは交番に届けた。すぐに持ち主が名乗りでてきた。それはおばあさんのへそくりだったようで、ケンカをして腹を立てたおじいさんがこっそりと藪の中に隠したそうだ。何度もお礼を言われて、謝礼ももらえた。

そう言えば社長が小さな声で「芥川を餌に、太宰《だざい》を釣れるかも」って言っていたけど、どうなったんだろう。その後、まったく応答なしだ。玉川上水でも、津軽でも、「追う身が辛いかね、追われる身が辛いかね」と言い、相手がポカンとしたところで「グッド・バイ！」と煙《けむ》に巻いて逃げたらしい。

ちなみに夏目漱石はまだ捕まっていない。

松山で発見されたけれど、追っ手をかわして逃げ、次は猫カフェにいるところを見つかったが、やはり逃げられてしまったらしい。

「次こそは夏目漱石を捕まえたい」

夢がふくらむ。どこにいるのだろう。文鳥公園に行ってみようか。それとも、いっそのことロンドンに行くといいかも。

でも、やっぱり松山かな。上手くいけば、正岡子規《まさおかしき》も一緒に捕まえることができるかもしれないから。

だって、芥川に漱石と子規を加えれば、文豪三光《さんこう》の役ができ、報酬もぐんと高くなるんだもの。

文豪コイコイ！

おいのり

黒木あるじ

なんだよ兄さん、もう東京へ帰るのか。

実家はそんなに居心地が悪いかい。ま、俺はどんなに居心地が悪くてもここで暮らすしかないからね。ニートの悲しいさだめってヤツだな。ははは。

おいおい、ちょっと待てよ。帰る前に、ひとつだけ話しておきたいことがあるんだ。いやいや、カネの無心じゃないから安心してくれ。電車の時間？　大丈夫、すぐに終わるから。それほど手間は取らせないよ。

おとといの午後、俺はひさしぶりに外出したんだ。親父と兄さんが俺のことを相談していたもんで、さすがに居づらくなってね。散歩がてら逃げだしたってわけさ。ああ、会話の内容はすべて聞こえていたよ。いやいや、弁明なんて要《い》らないから。いまは話を続けさせてくれ。兄さんだって時間がないんだろ。

それで――俺はぶらぶらと歩いて〈いっしょうさん〉へ向かったんだ。コンビニさえない田舎《いなか》だもの、一文無しのニートがヒマを潰《つぶ》せる場所なんてあそこくらいだからね、ははは。え、〈いっしょうさん〉なんか知らないだって。小さいころ、しょっちゅうふたりで遊んだ神社じゃないか。まったく、東京が長いと地元のことなんてどうでも良くなるんだな。いや、別に絡《から》んでいるわけじゃない。頼むからイライラせず、もうすこし聞いてくれ。

十数年ぶりに足を運んだ〈いっしょうさん〉は、驚くほど変わっていなかった。くたびれた鳥居も顔が欠けた狛犬《こまいぬ》も、木登り競争をしたご神木《しんぼく》も昔のままだった。懐かしさに目を細めながら境内《けいだい》を歩くうち、俺は拝殿《はいでん》の裏手へたどりついた。お、表情に変化があったね。さては思いだしたのかい。そう、秘密の入り口だよ。拝殿の裏手、木板の隅っこに大きな穴が開いていて、そこから内部に潜りこめるんだ。

子供のときは結局ビビって入らずじまいだったけど、いまの俺は大人だからね。うん、そういうこと。なかへ侵入したのさ。長らくニートをしているおかげで、あのころと身幅があまり変わらないのが幸いした。おいおい、不法侵入だなんて大げさだなあ。単に、兄さんとオヤジの話が終わるまで時間を潰そうと思っただけなんだって。

拝殿のなかはカビと埃《ほこり》のにおいで満ちていたよ。うんざりしたけど、扉を開けて換気するわけにもいかないからな。俺は暗闇のなかで悪臭に耐えながらスマホをいじり、時間が過ぎるのをひたすら待っていたんだが——まもなく、足音が聞こえて我にかえったのさ。

誰かが境内を歩いている。おまけにその人物は、こっちへ近づいてくる。

そりゃ緊張したよ。兄さんの発言じゃないが、まんがいち見つかったら不法侵入で捕まりかねないからな。俺は息を殺し、扉のすきまからこっそり外を覗いたのさ。音を立てぬよう、声をあげぬよう細心の注意をはらっていたんだけれど——さすがに、そいつの正体が判明したときは叫びそうになったね。

そう——あんただよ。兄さん。

当然ながら、絶句する俺になんぞ気づかないまま、兄さんは賽銭箱《さいせんばこ》に千円札を投げ入れると勢いよく柏手《かしわで》を打ち、真剣な表情で一分ほども合掌《がっしょう》していた。いや、だから弁明は要らないってば。さっき「知らない」と嘘をついたことなんて別に怒っちゃいない。なあ、お願いだからまずは最後まで話をさせてくれ。もうすこしで終わるから。

そりゃ戸惑ったのは事実さ。都内の一流商社でエリート街道をひた走る、あの頑固親父ですら「一家の誇りだ」と称賛してやまない長男が神頼みだなんて。

いったいなにを祈ったんだ。どんな願を掛けたんだ。

気になった——いや、心のどこかでは薄々勘づいていた。けれども、認めたくなかった。戸惑いのままに扉から顔を離し、秘密の入り口から出ようと振りむいて——俺はそいつに気づいたんだ。

手にしたスマホの光が、拝殿の奥に反射している。

そろそろと近づいて、俺はそいつの正体を知った。

鏡だよ、鏡。

丸っこくて、手のひらくらいの大きさをした鏡。あれが〈いっしょうさん〉の本体ってことになるのかな。え、ご神体というのかい。さすがはエリートだね。それで——覗《のぞ》いたんだ、俺。スマホのライトで照らしてね。いやいや、単なる思いつきさ。どうせだから写真でも撮っておこうかなって、その程度の発想だよ。

そしたらさ——映らないんだ。

違う違う、ライトが反射して映らなかったわけじゃない。拝殿の天井はちゃんと見えているんだ。閉まったままの扉も、鏡の周囲にある榊《さかき》の葉っぱや変な紙きれもしっかり鏡に映っているんだから。

だったら問題ないじゃないかって？　いやいや、よく考えてみてよ。

俺が映ってないじゃん。

間近で照らしてるはずの俺の顔が、どうして映らないのさ。

呆然としたよ。スマホの角度を変えたり鏡をずらしてみたり、いろいろ試したけれど結果はおなじ。どう頑張っても、俺の姿はなかった。

それで思いだしたんだ。家を出る直前に聞こえた、兄さんの言葉を。あんた、親父に「あいつはもう居ないものと思ったほうが良い」って言っただろ。親父もその科白《せりふ》を否定しなかったもんな。それでピンときた。兄さんの願いごとはそれだってね。「邪魔な弟をこの世から消してください」と、願を掛けたんだってね。

うっかりしていたのはこっちのほうだよ。自分で足を向けておきながら〈いっしょうさん〉の由来を忘れていたんだからな。一生に一度だけ願いを叶《かな》えてくれるから、そう呼ばれているんだもんね、あの神社。俺よりはるかに記憶力の良い兄さんが、そのことを忘れるはずがないじゃないか。

つまり――兄さんの祈りは聞き届けられたのか。一生に一度のお願いを使ってでも、俺の存在を消したかったのか。

ああ、もう俺は居ないんだ。居るけれど居ないんだ。

なんだよ、その顔。「弟がまたおかしなことを言いだした」と呆れているのかい。大丈夫、苦しまぎれの神頼みだったかもしれないが、あんたの願いは叶ったんだ。

そこをどけ？　帰る？　ああ、電車に乗らなくちゃいけないんだったね。でもね兄さん。もう時間なんか心配しなくても良いんだよ。だって――。

俺も〈いっしょうさん〉に祈ってきたんだから。あんたよりも真剣に。切実に。

「兄さんと俺の立場を交換してください」って。

そう、わかったかい。

この世にもう存在しない俺と入れ替わったってことは――。

あ、親父が玄関で呼んでる。きっと、いつまで経っても駅に向かう様子がない〈長男の俺〉を心配してるんだろう。そんなはずはないって言うのかい。なら、玄関に行って確かめてみなよ。あんたを見る親父のまなざしを。知らない人間を見るような目つきを。そしたら、いま自分が置かれている状況も、どんな気持ちで俺が生きてきたかも、すべて理解できると思うよ。

じゃ、俺はそろそろ行くわ。せいぜい頑張って、この田舎で生き抜いてくれよ。

ああ、そうそう。ひとつ言い忘れた。

諦めの悪い兄さんのことだから「なんとかもう一度お願いを聞き届けてもらおう」なんて考えているだろ。兄弟だもの、それくらい予想がつくよ。でもね、無駄だから。だって

――拝殿を出るとき鏡を粉々にしといたもの。はは、ははは、ははははは。

お父さんの家

海野《うんの》久実

「おやあ？　お母さん。食器棚の後ろの壁、なんか黒くなってない？」

朝ごはんを終わって出かけようとしている時にお兄ちゃんがそう言った。

お兄ちゃんはポケットからミニLEDライトを取り出して食器棚の後ろの隙間を照らしている。

「やっぱりそうだ。食器棚で隠れてるので今まで気がつかなかったけど、カビが生えて壁紙が変色してるんだよ」

「あら。やだわ」と、お母さん。

「大丈夫。確か、同じ壁紙がまだあると思うから、そのうち仕事の途中にでも直しに寄るさ」

そう言うお兄ちゃんはリフォームの会社で働いている。

「行ってきま〜す」

お母さんとお兄ちゃんがそんな話をしているのを聞きながら私は家を出た。

私は中学二年生で、お姉ちゃんは美容師さんで、お父さんは広告代理店のサラリーマン。朝食はみんな一緒に済ませて、それぞれが時差で出勤をする感じの毎日なんだよね。


それから二、三日後の朝のことだった。

廊下でなんか大きな音がしたので部屋を出てみると、お父さんが倒れていた。仰向《あおむ》けになって目をつむっているので、脳溢血《のういっけつ》かなんかの病気かも知れないと思って大声でみんなを呼んだ。まだ朝早くて、誰も出かけていなかったので、お兄ちゃんとお姉ちゃんは自分の部屋から、お母さんは一階の台所から階段をかけ上がって来て家族全員が揃った。

「おやじ、こんなとこで寝てると風邪ひくぞ」

と、寝ぼけまなこのお兄ちゃんが言う。お母さんはしゃがんでお父さんの顔を覗き込んで体をゆすった。

「なーんだ。本当によく寝てるだけみたいよ」と、お母さん。

そういえば、苦しそうな表情でもなくて、呼吸もおだやかだったし、時々軽くいびきをかいている。

「きのうの晩、けっこう酔っぱらって帰って来たもんね」と、お姉ちゃん。

お母さんが毛布を持って来て掛けてあげた。お母さんって優しいんだかどうだかよくわからない。冷たい廊下の真ん中だよ。普通ならお布団のある所まで連れてってあげるんじゃないかなあ。

部屋に帰って制服に着替え、廊下に寝ているお父さんをまたいで洗面所に行き、顔を洗って出て来ると、何だかお父さんの様子がおかしかった。顔が妙にふやけてる感じでさ。近くでよく見てみると、確かに顔が横に広がってるんだ。そうだなあ、まん丸いけれど柔らかいもの、例えば卵の黄身とかを、お皿に載っけると重力のために横に広がる、あんな感じね。

何だか心配になって毛布をのけてみてびっくり。体全体も、びろ〜んと広がってる。そして床板の中へめり込んでる感じなんだ。いやいや、めり込んでるのともちょっと違う。そう、床とお父さんの体が一体化しているようで境目が分からなくなっているんだ。

こりゃまた大変だと思い、大声でみんなを呼んだ。

「なんだこりゃ。こんなの見たことも聞いたこともないぜ」と、お兄ちゃん。

「きもっ」と、お姉ちゃん。

「さすがにこれは119番かなあ」と、お母さんは落ち着いた口調で言いながらエプロンのポケットから電話の子機を取り出した。

「あら？　電話が通じないわよ」と、お母さん。

「俺のスマホも使えなくなってる」

「私のも」

その時、私が一番先に気がついた。廊下の壁や天井が何となく歪《ゆが》んでることに。手で触ってみると家のどこもが柔らかく弾力があって、なんだか生温かくなっている。私の部屋に入ってみても同じだった。窓も、なんか真四角じゃなくて妙に角が丸っこい。その窓から外を見ると、いつも見えている近所の家が、なぜかぼやけて見えている。

「おい。外に出られないぜ」と、さっき下に降りて行ったお兄ちゃんの声が聞こえた。みんなそれぞれ玄関や裏口のドア、庭に面した掃き出しの窓を開けようとしたけれど、本当に開かなかった。

おかしな出来事にうろたえている間にけっこう時間が過ぎてしまって、お兄ちゃんとお姉ちゃんは仕事、私も学校へ出かけるのを諦めた。でもまあ、外へ出られたとしてもお父さんがあんな具合だから出かけはしなかったんだろうけどさ。

もう一度お父さんが寝ている二階の廊下に家族全員が来てみると、お父さんの身体は更に床と一体化が進んでいた。頭と足の方はもう完全に床板になっていた。出っ張ったお腹だけが残っていたけれど、見ているうちにじわじわと床板に吸収されるように見えなくなり、後には妙に柔らかく温かい床だけが残った。

仕方なく、みんな一階に降りて台所のテーブルを囲んで座った。

お母さんは、朝食の準備を始めた。相変わらず電話は通じないし、ドアが開《ひら》かないので出て行けない。電話が通じたとしても、外へ出られたとしても、お父さんが家の床に溶け込むように消えてしまったなんて言っても、誰にも信じてもらえないだろうし、今はどうすることも出来ないと思ったから、みんないつもの習慣に従った訳なんだろうけどね。

コーヒーが入ってトーストが焼き上がり、ベーコンエッグも五人分テーブルに並んだ。

それぞれが食べ始めた時、私は天井の一部が、妙に膨らんでいるのに気がついた。見ているうちにその膨らみは、色が変わりながら大きくなっていくんだよね。私の視線に気がついて、みんなが上を見上げたとき、それはお父さんのズボンのお尻の部分なのが分かった。

見る見るうちに天井からお父さんの体全体が現れた。そういえばこの台所の天井の上は丁度お父さんが寝ていた廊下だったわけだ。

お父さんが現れたのはテーブルの真上だったので、みんなでそのテーブルを台所の隅に運んでから、お父さんを見上げた。お父さんの身体が天井からすっぽりと抜けて落ちて来た時には、家族全員が手を差し伸べてその体を受ける体勢になっていた。ただ、私だけが受け損ない、お父さんの頭が床にぶつかって大きな音がした。

「いててて」

お父さんは起き上がりながら自分の頭を撫でた。

「おとうさん！」みんなが一斉に声を出した。

「いったい何が起きたんですか？」と、お母さんが聞いてもお父さんはぽかんとしている。

「いやあ、何がって、何が起きたのか、俺が聞きたいんだが」

お父さんは、今朝、二日酔いのぼんやりした頭のままふらふらと起き上がって廊下へ出たことまでは覚えていた。そのあとはすっかり記憶が空白だと言う。

その時、急に家の様子が変わりはじめた。床や天井やドアや柱や階段がみんな元の硬さを取り戻し、まるっこかったのが気持ちよく直線になった。そして生温かさもなくなって行った。

私のスマホが鳴った。友達のまゆりんからのラインだった。『おはよ。今日は帰りに買い物付き合って』だって。

「あれ？　スマホ使えるようになってるわよ」と、お姉ちゃん。

その時みんなそれぞれ、スマホや掛け時計の時間を見て驚いた。それは、さっきお父さんが廊下に倒れるように寝っ転がった時からほんの数分しか過ぎていなかったからだ。

「ウソだろ？　変なことが次々起き出してから今まで、一時間ぐらいは過ぎてる感じなんだけどなあ」

お兄ちゃんがそう言うとみんながうなずいた。

「どゆこと？」

「どういうこと？」

「どういうことなの？」

「ど、どゆこと？」

みんなそんなことしか言えなかった。

最後にお父さんが言った。

「どういうこっちゃ？」

テーブルを元の位置に戻してみんなで改めて朝食を摂った。お父さんの分も忘れてなかったお母さんはさすがだった。

その時に気がついた。台所の窓から見える外の様子が妙にぼやけている。

「ねえ。お隣の家や庭の植木なんかがピントが合っていないよ」と、私が目をこすりながら言うと、みんなそれぞれ外を見て目をこすった。

「どれどれ」と、言いながらお父さんがポケットからメガネを取り出してかけると、急に外の景色がはっきりとした。またまた「どゆこと？」の嵐が巻き起こった。

お父さんがメガネを外すと窓からの景色がぼやけ、かけるとはっきりとする。わけわからないけれど、何となく予感がした。

お姉ちゃんが言った。

「さっきからさ、ずっと気になってたんだけど、なんかこの家の中、アルコール臭くない？　そう、あの酔っ払いの近くにいると臭《にお》っちゃう嫌なアルコール臭さが、薄〜く漂ってるっていうかさ」

そこでみんながうなずいた。

「まさかそんなこと」

「嘘だろ」

「いやいやそんなわけないし」

「かんがえられないわよ」

みんなそれぞれ口にするけれど、ひょっとしてそうなのかもと思っているのに違いなかった。

その時お父さんが大きなくしゃみをした。

「ふぇ〜くしょん！」

するとと同時にそのくしゃみの音が家中に響き渡って、風が吹き抜ける音が聞こえた。

「お父さん。この家って、お父さんなのね。って言うか、お父さんはこの家になってしまったんだよ。たぶん……」

お母さんは自信たっぷりに言い始めたけれど、言いながら自信を失ったようだった。

お父さんが言った。

「そりゃあさあ、今月でこの家のローンを払い終わってせいせいして、『これで完全に俺の家だぞ〜』と思って、一人祝杯をあげてさ、つい飲みすぎちゃって……。そういえば、寝ている間に夢に見たんだよな。俺が家になってしまう夢をさ。でもそれが本当に起きてるのか？　この家が俺なら、この家の中にいる俺はいったい何なんだよ」

この家はお父さんなんだと、家族みんながそう納得して暮らし始めた。

お父さんが会社でコーヒーを飲むと、家じゅうにわずかにコーヒーの香りが立ち込め、お母さんは、三時過ぎをさす時計を見て微笑《ほほえ》む。

私が学校から帰って宿題をしている時に、お酒の匂いが漂ってくるとお父さんは今、居酒屋にいるんだなと思う。

家にいる時に何となく気持ちが重くなった日があって、あとで聞くとお父さんの部下が仕事でへまをやったのだと話してくれた。

反対に、お父さんが楽しい気分の時は、家にいるみんなが楽しい気持ちになって、だれかが何かで悩んでいてもそれが解消されちゃうなんてこともあった。

ある日お父さんが会社から帰って来ると何となく浮かない顔をしていた。それはもう、お父さんが帰って来るまでの家の中の雰囲気で、お父さんに落ち込むような出来事があったかもしれないというのはみんな分かっていたんだけどね。

夕食の支度を手伝いながら、お母さんと一緒にお父さんの話を聞いた。

「会社の健康診断でさあ、俺、引っかかっちゃったんだよな」

「まあ、どこが悪いの？」と、いつもの笑顔のまま、お母さんは聞き返す。

「胃のレントゲンでさ。胃潰瘍《いかいよう》か胃がんの可能性ありってさ」

「病院で精密検査を受けて来なさいってわけでしょ。行ってらっしゃいな」

お父さんは露骨に嫌な顔をした。すると部屋の照明器具が数秒の間少し暗くなった。

「病院行くのやだよう。胃カメラ飲むの苦しいんだろ。もし胃ガンだったらどうすんだよう」

「なに言ってるの。ちゃんと明日にでも行って来なさいよ」と、お母さんは子供に言い聞かせるように言うと落ち込むお父さんを無視して夕食の準備を再開した。

その翌日、お兄ちゃんの勤めているリフォーム会社の車が家の前に停まった。車からお兄ちゃんと他に二人の男の人が降りて来て、家になんやかや道具や材料を持って入って来た。

「どうしたの今日は？」と、お母さん。

「前に言ってたじゃん。台所の壁さ。食器棚の後ろ。壁紙がカビで変色してたじゃん。それを直しに来たんだよ。お安くしときますからね」

食器棚を動かし、変色した所の壁紙を一枚はがして貼り替え、一時間ぐらいでお兄ちゃんは会社へ帰って行った。

しばらくしてから電話が鳴った。私が出ると、お父さんの弾んだ声が聞こえてきた。

「母さん居るのか？　病院で見てもらったんだけどさ。異常なしだったんだよ。きれいなもんだってさ俺の胃。早く母さんと代わってくれよ」

なるほど。そうすると、この台所はお父さんの胃だったわけだ。

次の日。学校へ行こうとドアを開け外へ出て、何の気なく振り返って我が家を見上げた。屋根は瓦《かわら》じゃなくて、今どきの薄っぺらいシートを並べたような屋根だった。それが長い間、日光や風雨にさらされたからなのか、だいぶ色が剝げて来ているのがわかった。

あの屋根をふき替えるとお父さんの薄くなった髪の毛も復活するかもしれないなあと思いながら歩きはじめた。

ダンシン・イン・ザ・レイン

松本みさを

この島を訪れるのは、三度目になる。

最初は女友達と。二回目は彼氏と。

今回は女のひとり旅だけれど、別に傷心《しょうしん》旅行というわけではない。交際五年目を迎えた彼とは、互いの趣味やプライベートな時間を尊重しあっているのだ。私の南の島でのバカンスを笑顔で見送ってくれた彼は、来月カーレースを観戦しにヨーロッパへ飛ぶ。そのくらいの距離感が、長続きの秘訣なのかも。

有給休暇をもぎとって、なんとか捻出《ねんしゅつ》した五日間の休み。心身共にリフレッシュしようと文字どおり飛んできたけれど、どうやら丁度この島の雨季に当たってしまったらしい。

空港に着いたその日から、島はしっとりと濡れた空気に覆われて、ミストサウナのような細かい雨が降り続いていた。海と空は残念ながら薄墨で描いたように灰色だったけれど、雨よけのシェードが張られたコテージのテラスで、静かな雨音と波の音の二重奏《デュオ》を聞きながら、エステや読書に時間を注ぐのも、リゾートの贅沢《ぜいたく》な休日といった感じで悪くはなかった。

それでも三日もそれが続くと、さすがに暇を持て余してきた。

滞在四日目の朝、バーに行くにもまだ時間は早いし、何か刺激的な体験はできないものかとロビーをひとりフラフラしている私に、フロントの女性従業員が声を掛けてきた。

「雨ばかりで退屈でしょう？　どう？　街にでも出てみたら」

流暢《りゅうちょう》な英語で気さくに話し掛ける彼女は、耳につけた大きなゴールドのイヤリングと、頭に巻いた鮮やかなオレンジ色のターバンが良く似合っている美人さんだ。

「とっておきのお店を紹介してあげる」

悪戯《いたずら》っぽくウインクする彼女の言葉に、ムクムクと好奇心がうずきだした。

空港へ宿泊客をピックアップしに行くというホテルのバンに同乗させてもらい、街へと降《お》り立った。降り続く霧雨《きりさめ》が身体を濡らしていくけれど、現地の人たちにならって傘もささずに散策する。これがやってみると、なかなかに気持ちイイ。

テントが連なる市場を覗き、身振り手振りで注文した焼きそばらしき一皿をこの国のビールと共に屋台で食した。

「夕方近くになると、激しいスコールに変わることが多いからね」

と、ホテルの美人さんに教わっていたので、食後はすぐに彼女がお薦《すす》めしてくれた「とっておきの店」を訪れることにした。

市場のはずれ、小さな青いテントがそれだった。中からは、オルゴールだろうか？　優しい音色《ねいろ》の曲が漏れ聞こえてくる。

「雨季にしか営業していないお店なの。貴女《あなた》もきっと気にいるはずよ」

美人さんの言葉を思い出しながら、ブルー系のビーズで編みあげられた入口ののれんをシャラリと鳴らした。

「わぁぁ」

店内に一歩足を踏み入れて、思わず声が出た。六畳ほどの広さに所狭しと並べられた、金属製の壺やガラス製の器にグラス、スティール・ドラムというのだろうか、金属を叩いてお椀形にした物、長いパイプのような物、雑多《ざった》に置かれた大小様々のそれらが、テントのほころびや穴から滴《したた》る雨粒を受け、柔らかな音を響かせている。

聞こえてきたのは、この音色だったのか。

「スラマットゥンガハリ」

奥からひとりの青年が現れ、現地の言葉で挨拶をした。少しウエーブのかかった黒髪を肩まで伸ばし、白い歯を見せて笑うその姿は、身につけている首元の伸びたTシャツ、色あせた短パン、そして薄っぺらなビーサンに目をつぶれば、まるで雑誌から出てきたモデルのように美しい青年だった。

「ゆっくり　みていってね」

観光客だと判断したのか、今度は癖のある英語で語り掛けてくれた彼の声は、雨粒が奏《かな》でる楽器のような穏やかな響きに似ていた。

「Ｔｈａｎｋ ｙｏｕ」

天井から降る雫《しずく》による生演奏を聴きながら、店内を回る。

かごに盛られた、見たこともない色と形の果物。

「この季節にしかないフルーツ。甘いよ」

ガラス瓶に入れられた、極彩色のカエルやトカゲ。

「雨の時期にしか捕まえられない。干して飲む。元気が出るよ」

たまげたことに、この爬虫類《はちゅうるい》も食用らしい。

雨漏りをよけた天井からは、丁寧に編まれた円錐形《えんすいけい》の編み笠が連なって吊るされている。

「スコールの時にコレかぶる。おしゃれ」

なるほど。どうやら、雨季ならではの商品を取りそろえている店舗のようだ。何かお土産にと考えたけれど、果物や生き物は持ち帰れないし、植物で編んだ笠も難しそうだ。

何よりコレを被って東京を歩く機会はないだろうし、北欧風のインテリアでまとめているマンションの部屋に飾っても浮いてしまうだろう。

ふと、壁に飾られている一枚の絵が目に入った。壁掛けカレンダーほどの大きさで水墨画風に描かれたそれは、墨の濃淡というよりも藍色の染め物がキャンバスに施されているかのように見える。たとえるなら紫陽花《あじさい》の花の色。とても奥深い、懐かしさも覚える藍色《あいいろ》。でも確か、さっき視界の隅でとらえた際には、この絵には大木の根元にたたずむひとりの少年の姿しか描かれていなかったはずだ。

なのにどうだろう。今目の前に飾られている絵には、少年の隣にまるで彼に仕えるかのように並ぶ、一匹の逞《たくま》しいトラの姿が描かれている。

「それ、不思議な絵。雨が降ると変わる」

青年は絵を壁から外すと、店の戸口へと向かい、手招きで私を呼んだ。

外はそぼ降る雨が続いている。

「あ」

青年が手にしていた絵をじっと見つめていると、まるであぶりだしの絵のようにあとからあとから、描かれた少年の周りに様々な絵が浮かびあがってきた。

トラ、ゾウ、サイ、オランウータン、飛び交う鳥たち、生い茂った木々。みるみるうちに、生命あふれるジャングルの姿が映し出されていく。

「すごいすごい。どんな仕組みになっているの?」

絵の裏を覗きこんでも、なんの細工も見当たらない。

「これは貴方が描いているの? なにか特殊なインクを使っているの?」

何を聞いても青年は笑っている。言葉が通じていないのか、はぐらかされているのか。

私の興奮ぶりに満足したのか、青年は壁に絵を戻した。

ほんの少しずつ、今度は少年の遠いところから絵が薄くなっていく。その不思議な現象に、すっかり私は魅せられてしまった。が、

「ちなみにコレはおいくらなのかしら?」

尋ねた問いに、年収に近い値段を告げられ気絶しそうになった。値切ったところで、給料半年分は覚悟しなくてはならないだろう。さすがに厳しすぎる。

それでも諦めきれなくて、腕組みをして思案をしていると、青年が再び私に手招いてくる。

「おすすめ、おすすめ」

と、指差す先には、手のひらサイズの藍色で描かれた絵が、写真立てのように幾つも並べられていた。それぞれに、花や蝶、カエルやトカゲ、動物などがさらりと描かれたシン

プルなものであったが、試しに手に取った蝶が描かれた一枚を先ほどと同様に戸口へと運ぶと、やはり魔法のように細かくて美しい模様が蝶の翅《はね》に現れた。

値段を聞けば、諭吉《ゆきち》先生を二人並べればなんとかイケそうな額だった。

俄然嬉しくなって、お気に入りの一枚を見つけるべく目を皿にして探した。

「コレがいい」

私が手にしたのは、ひとりの少女が描かれた作品だった。何かをつかもうとするように、天に向かって両手を伸ばしている。ワンピースの裾《すそ》が翻《ひるがえ》って、今にも踊りだしそうな少女。

雨に近づけると、彼女の周りに蝶や花が舞い、シンプルなワンピースにフリルが華やかに加えられていく。

「いいねいいね。この娘、アナタに似ている」

青年におだてられ、こいつ商売上手だなと思いながらも、諦めていた絵を手に入れることができて、気分はほくほくだった。

「トゥリマカシ（ありがとう）」

「サマサマ（どういたしまして）」

包んでもらった少女の絵を抱きしめながら、帰りはバイク・タクシーでホテルへと戻った。

フロントで、良い買い物ができたお礼を言おうと、お店を教えてくれた美人さんの姿を探すが見当たらず、仕方なく自分のコテージへと向かった。

部屋に着くと、丁度雨足が激しくなってきた。

テラスの傍《かたわ》らにカウチを引き寄せ、身体を横たえると、包み紙を開いて少女の絵を手に取った。私の手の中で、少女が美しく育っていく。

あの店で聞いた雨粒が奏でるシンフォニーが聞こえてきそうな気がした。

夕食の時間までひと眠りしようかと、まどろみに身を任せながら、

（そう言えば小さいころ、バレリーナになりたかったんだよなぁ）

そんなことを思い出した。

短い夢の中で、私は少女の姿で藍色の世界で踊っていた。

日本に戻り、早速《さっそく》少女の絵の飾り場所を考えた。

なるべく湿気があるほうがいいのだろうかと、お風呂場やキッチン、洗面所など、定期的に場所を変え、梅雨の季節はリビングに飾って、絵の変化を楽しんだ。

しかし、冬が訪れると、絵は次第に色が薄らぎはじめ、変化も乏しくなってきてしまっ

た。

日本の気候と乾燥が合わないのかと、加湿器をつけたりヒーターの設定温度を上げたりもしたけれど、絵が徐々に色あせていくのを止めることができず、年が明け春を迎えるころには、少女は絵から姿を消してしまい、一枚の白茶けた布だけが哀しく残された。

いつか、いつの日かもう一度、あの店に行きたい。その願いがかなったのはそれから五年の歳月が過ぎてからだった。

ハネムーンで訪れた南の島で（ちなみに相手は長年付き合った男ではない。やはり『長すぎる春』はお薦めしない）、私は夫となった男の手を取り、すぐさま街の市場へと向かった。

雨季を狙って来たのに、

「今年は雨季が早めに終わったよ。ラッキーだったね」

と、タクシーの運転手がにこやかに告げてきた。

焼けつく太陽の下、あの店を探して市場を歩く。記憶の中に残っていた青いテントを見つけ、心を弾ませて中へと入ると、

「イラッシャイマシー」

やけに日本人慣れしたひげのおじさんが大きなお腹を揺らしながら現れ、一気に気持ちが沈みこむ。あの青年は、あの店はどこに行ってしまったのだろう。雨季ではないと、たどり着けないのだろうか。

気分は沈んだが、せっかくなので店内を見て歩いた。普通の土産物屋と大差がなかったけれど、店の奥の壁に立てかけられた大きな木製の箱に、私の目はとまった。まるで棺《ひつぎ》のような趣《おもむき》のそれに、何故か惹かれて眺めていると、ひげのおじさんがニコニコとすり寄ってきた。

「コレ、とっても珍しいね。ミイラが入ってる。ミイラが」

「ミイラ？」

「そう。この国じゃとっても珍しい。嘘じゃないよ。特別に写真見せてあげる。特別よ」

胸もとのポケットから取り出した手帳に挟まれた、一枚の写真が差し出された。写りは悪いがそこには確かに、一体の干からびた人形《ひとがた》の物体が箱に収まっている。

「ホンモノ見たけりゃ、ひとり百ドルね。百ドル」

ひげおじさんの言葉を遠くに聞きながら、私は写真のミイラに見入っていた。少しうねりのある肩までの黒髪、長身の体軀《たいく》、まとった布はあの雨の日にあの店で出会った青年が着ていた、Tシャツの色にも似た青を残している。

これは、彼だ。

そんなはずはあるわけもないのに、何故か強くそう思った。

雨の日でないと彼に会えない理由が、分かった気がした。

その後、数回ほど雨季のその島を訪ねたが、結局、二度とあの店を見つけることはできなかった。

今でもあの雨の日を思い出して、飲み会でグラスが並んでいたりすると、ついつい集めて叩いて奏でてみたくなる衝動に駆られる。

あの日以来、雨は嫌いじゃない。

そして私は、カルチャーセンターで、バレエを習い始めた。

あの絵の少女のように、いつか軽やかに踊れたなら、と。

牛車《ぎっしゃ》の中で紫陽花《あじさい》を抱きしめる

藤田ナツミ

紫陽花《あじさい》の香りと、車輪の音。

夢と現実の狭間《はざま》で、キイキィと車輪が軋《きし》む音が近づいてくる。山奥で道に迷い、日が落ちてからは獣に見つからないよう草陰に隠れていた実津雄《みつお》は、不思議な音を聞いて自分がうたた寝していたことに気づいた。紫陽花の花束を抱え直して恐る恐る顔を上げると、淡い光を帯びた牛車が降りてくるのが見える。真っ黒な毛並みが美しい立派な牛と、貴族が乗っているような豪華な装飾を凝らした屋形《やかた》。牛車はゆっくりと地面を踏みしめるように進み、見ているこちらがじれったくなるほどの牛歩《ぎゅうほ》だ。いったい何を運んでいるのだろうと考えて、背中に冷たいものが走った。実津雄が生まれ育った村には、牛車にまつわる昔話があるからだ。

むかしむかしの大昔、夜の静寂に包まれた村に、淡い光を帯びた牛車が現れた。丑《うし》の刻に現れた牛車を見たのは、異変に気付いた村長と『少年』の家族だけだった。牛車に乗って村に帰ってきたのは、十二年前の丑年、山奥へ虫取りに行ったまま失踪していた少年だ。当時十歳にも満たない子供が山奥で突然消えて、村では神隠しにあったと伝わっていた。姿を消してから一年二年と月日が経ち、家族も諦めかけていたが少年は元気な姿で帰って来た。

しかし少年は、家族と離れ離れになった頃から何一つ見た目が変わっていなかった。本来二十歳を超えているはずの少年は、十歳にも満たない子供の顔をしている。村長は少年の両親に、本当に自分の子供か確かめるよう促した。両親は牛車の前で微笑《ほほえ》む少年に近づき、恐る恐る彼の前髪を上げた。少年の丸い額に、黒いあざがある。母親は「あっ」と声を上げると、目の前の小さな体をひしとかき抱いた。父親も、堰《せき》を切ったように泣き出した母親ごと少年を抱きしめる。少年の額にある生まれつきの黒いあざを気にして、母親は息子のために各地から薬を取り寄せた過去があった。両親の悩みの種は、少年が自分たちの息子である証明となったのだ。

少年も両親に抱きしめられて安心したのか、ほろほろと涙を流す。親子の再会を見守っていた村長が牛車のいた場所に目を向けると、跡形もなく消えていた。目を閉じるとまぶたの裏に淡い光がほんのりと残っているが、徐々に消えていく。しばらくして、村長は涙をぬぐう少年に質問をした。あの牛車は何か、一体今までどこにいたのか、なぜ体が成長していないのか、翌朝村人たちに説明するためにも聞きたいことがたくさんあった。両親は、帰って来たばかりの息子に質問攻めにしないでくれと村長を止めるが、当の本人は穏やかな表情を浮かべて村長の方へ向き直り口を開いた。

神隠しにあった十二年前のあの日。少年は綺麗な蝶を追いかけて山の奥へ奥へと進み、気づいた時には現在地が分からなくなっていた。日が落ちて暗くなっていく山の中、一人で彷徨《さまよ》っているとキィキィと車輪が軋む音が近づいてくる。助けを求めるため疲れた足をなんとか動かして音の元へ向かうと、淡い光を帯びた牛車に出会った。

「山の神に頼まれて、あなたを迎えに来ました」

真っ黒な毛並みが美しい立派な牛が、少年に話しかける。人語《じんご》を話す牛を前にしても少年は不思議と恐怖を感じることはなく「家に帰してくれますか」と尋ねながら、牛の体に手を添えていた。

「そのまま願いを込めて、体を撫でてください」

牛の言葉に従って優しい手つきで体を撫でると、淡い光が少年の体に移動していく。視界に光が満ちた瞬間、思わず閉じた目を開けると少年は牛車の中に座っていた。牛車の中で過ごした時間は、一日も経っていないように感じたと少年は言う。丑の刻に村へ辿り着いた少年は、迷子になった夜の内に牛車に乗り込み、朝が来る前に帰って来たと思っていたのだ。しかし現実では、十二年の時が経っていた。体が成長していないのは、ゆっくりと時が流れる牛車の中にいたからだろうと少年は言う。少年は『少年』らしからぬ大人のような受け答えで、村長の質問に答え続けた。

生まれつきの黒いあざを見て自分たちの息子だと確信した両親も、違和感に気づいていた。息子は綺麗な蝶を追いかけて山奥で迷子になるほど無邪気な子供で、悪く言えば大人の言いつけを守らない落ち着きのない子供だった。そんな息子が、村長の質問に静かに落ち着いた様子で答えている。両親が表情を曇らせると、少年は機敏に察知して牛車の中での出来事を説明し始めた。少年は村に帰ってくるまでの間、牛とたくさん話をした。神の使いである牛は優しく体を撫でてくれた少年を気に入ったのか、長い間こつこつと蓄えた知識を分け与えてくれたのだ。十二年の時と引き換えに得た膨大な知識で、少年は人々を導き村に多くの富をもたらした。その代わりに、少年の見た目はずっと幼いままだったという――

昔話を思い出していた実津雄が、ふと顔を上げると牛車が目の前で足を止めていた。

「山の神に頼まれて、あなたを迎えに来ました」

真っ黒な毛並みが美しい立派な牛が実津雄に話しかける。昔話の少年とは違い、実津雄は人語を話す牛を前にして体を震わせた。大切に抱えていた花束を地面に落としかけて、慌《あわ》てて抱きしめる。そもそも実津雄は、紫陽花の花束を作るために山の奥へ入ったのだ。新居に鮮やかな紫陽花を飾りたいという婚約者の願いを叶えるため、彼は山奥で花に囲まれて暮らす伯父の家まで紫陽花を分けて貰いにやって来た。無事綺麗な紫陽花の花束を作った帰り道、迷ってしまったのだ。

「山の神に頼まれて、あなたを迎えに来ました」

花束を抱きしめて黙り込む実津雄に、牛がもう一度話しかける。どうしようもない不安と悲しみで、実津雄の体が震える。昔話の少年は、村に帰ってくるまで十二年かかったという。婚約者は、自分のことを待っていてくれるだろうか。しかし、この牛車に乗らなければ一生村に帰ることができない予感がした。実津雄は「家に帰してくれますか」と震える声で尋ねながら、牛の体に右手を添える。

「そのまま願いを込めて、体を撫でてください」

牛の言葉に従って優しい手つきで体を撫でると、淡い光が実津雄の体に移動していく。右手が光に包まれて、紫陽花の花束を抱えた左手も白く輝き、薬指の婚約指輪が光に埋もれて消えた。視界に光が満ちた瞬間も、頭に浮かぶのは愛《いと》しい婚約者の顔。再び出会えた時、笑顔で紫陽花の花束を受け取ってもらえることを願いながら、実津雄はゆっくりと目を閉じた。

牢獄

深田 亨

子供のころの私は友達もなく一人遊びで時間をつぶすのはいつものことでした。家の近くの森のそばが私の秘密の遊び場所です。地面に蟻《あり》が巣を作っていてそこを攻撃するのです。石ころをぶつけたりして手足のどれかがちぎれながらくるくると回ったり、土くれを上から被《かぶ》せて生き埋めにしてなんとか這い出てきたのを靴の底で踏みつけたり、そんなことをして遊んでいました。

でもこんな遊びは男女を問わずほとんどの人には覚えがあるのではないでしょうか。大人から見たら残虐に見えても、子供のころは後ろめたさなど覚えずむしろ自分が全能の神にでもなったような気分なんでしょう。

相手が人間などではなく蟻んこや小さな虫であることは十分認識していて、いまどきの子供のように仮想空間で堂々と殺人ゲームを楽しむよりはいいと思わないですか。

それはさておき子供のころにだれしも経験した――と私は思います――こんな遊びも、

大きくなるにつれてしなくなっていくものでしょう。興味がほかに移ったりもっと面白く複雑な遊びを友達とするようになったりするからだろうと思います。私の場合も、中学生になるころには単純な蟻退治を卒業して別の遊びをしていました。といっても、それは蟻退治の延長のような遊びではありました。

あるとき巣に出入りする大量の蟻を殺戮《さつりく》したあと、私はその死骸をひとところに集めて木の枝で柔らかい地面に小さな穴を掘りました。そこに蟻を埋葬《まいそう》しようと思ったのです。ふとあたりを見ると壊れたガラス瓶の底が目につきました。丸くレンズのような感じのするあの底の部分を土の上に見つけたのです。

そうだこれを墓の蓋《ふた》にすればいい。人生で最初にすごくいいことを思いついた瞬間でした。私は土に半分埋もれた瓶の底を持ちあげました。それから胴体の部分に残った鋭利に割れたところに触れないよう注意して、瓶の底の内側に付いた土をハンカチできれいに拭《ぬぐ》いました。底の外側も同じようにきれいにすると、割れたほうを下にしてさっき掘った穴の上に突きさすように被せました。瓶の底はぴったりと穴に嵌《はま》ったのです。

上から覗《のぞ》くとまるで箱庭のようでした。湿った土の上に数十匹の蟻の死骸がかたまり、ガラスの蓋がされた墓所に安置されている。それをガラスを通して見ることができるのです。

うっとりと見ていると墓の中に異変が現れました。死骸のかたまりが動いたのです。目を凝らすと死んでいるはずの蟻の中で一匹だけ動いているのを発見しました。おそらく殺戮が大量だったので死骸にまぎれて生き残ったのがいたのでしょう。そいつも傷を負っているらしく肢《あし》が二本ほど弱々しく動くだけだったのですが、私はそれを見て興奮しました。これはまるで私だけの生きた標本箱、いやガラスの窓のついた牢獄のようではないか。私は新しい遊びを発見したのです。

翌日学校から帰り、わくわくして私はガラスの牢獄のところにいきました。そこは人目につかない場所で牢獄は昨日のまま残っていました。しかしその中はもう静寂が支配していて動くものはありませんでした。生き残った蟻もかなり弱っていたので翌日までもたずに死んでしまったのでしょう。

でもそんなことはどうでもよかったのです。私は学校の帰りに空き瓶をいくつか拾って持ってきていました。それらを底が壊れないように注意して割ると、昨日見つけたのと同じような牢獄の蓋ができました。私はその蓋の数だけ地面を掘って穴を作りました。それから叢《くさむら》に分け入ると牢獄の中に入れる虫を捕獲にいったのです。

叢の向こうは森になっており、そこまで行くといろんな種類の成虫や幼虫がいました。私はそれらを生きたまま私の牢獄に収容したのでした。

ほぼ日課のように私はその遊びに没頭しました。閉じ込めた虫たちは概《おおむ》ね数日で動かなくなりました。餌も水もなく一日のうち数時間は日照に晒《さら》される環境なので、生き続けることは不可能だったのです。少し激しい雨が降ったりすると穴は水没してしまうので同じように中の虫は死んでしまいます。それでも私はそんなことは気にもせずに、むしろ収容者が死んでしまうと新たな虫を入れることができるので歓迎したのでした。

私は人目につきそうではないぎりぎりの場所に、木陰を避けてより多くの太陽の光が当たる牢獄さえ作りました。そこに虫を入れると天気のいい日など一日足らずで腹を向けて動かなくなってしまうのです。ガラスの底がレンズのような働きをして非常な高温になるのでしょう。

ある日私は森の中で珍しい甲虫《こうちゆう》を捕まえました。ほぼ円形で直径三センチほどのそいつは光沢のある漆黒《しつこく》の硬そうな羽根を持っていました。これこそ灼熱《しやくねつ》の牢獄にふさわしい囚人ではないか。

さっそく収容してみるとやはり私の思った通りでした。ガラスの蓋を通してそいつはまるで宝石のように輝きました。夕方になり日が傾いて穴の中に太陽の光が届かなくなるまでずっと私はそこにいて見ていたのです。

翌日学校が終わると、私はほかの牢獄に向かうことなくまっすぐに灼熱の牢獄のところにいきました。予想通り虫は穴の底で腹を向けてひっくり返っていました。死んでいるようです。でも縮こまった四肢のあいだに私は動くものを見つけました。それは死んでいるのと同じ形をした、わずか五ミリほどの虫だったのです。

子供だと思いました。黒い虫はどこかに卵を持っていてそれが高温のために孵化《ふか》したのでしょう。死んだ虫の曲げられた四肢に抱えられるようにして小さな虫は頼りなげに動いていたのです。その日もいい天気で、半日以上ガラスの蓋を通して熱せられた牢獄にいた子供の虫は今にも動きを止めてしまいそうでした。

ここから出して逃がしてやろう——そんなことは露ほども思いませんでした。私は私の影がガラスの蓋にかからないように位置を変えながら、小さな虫が動かなくなるまでそこにしゃがんでいました。

数日後、学校で数少ない友達からこんな話を聞きました。この街のはずれにあるアパートで事件があったというのです。そこに住んでいた女の人が自分の部屋で死んでいたそうなのですが、死因はどうやら飢え死にだったということでした。

不思議なのは女の人が住んでいたのは日当たりの悪い部屋だったのに、そして服も着ていたのに全身が日に焼けたようになっていたことです。女の人の財布には現金もそこそこ入っていたけれど部屋から外に出た形跡もなく餓死してしまったのでした。

それからさ——と友達は言いました。女の人には生まれたばかりの赤ちゃんがいて、その子も同じようにやせ細って日焼けして死んでいたらしいぜ。赤ちゃんは女の人が抱くようにしていたってさ。

私はそれはガラスの蓋のせいだと思いました。蓋があるので外にも出られず食べ物もなくガラスで増幅された太陽の熱に晒されていたからそうなったんだと。

赤ん坊はお母さんよりあとで死んだんだよ。私がそうつぶやくと友達はどうしてそんなことがわかるんだいと聞きました。私は特製のガラスの牢獄のことを話しました。友達はお前やっぱり変わっているよと言って私から離れていきました。彼のことを同類のように思っていたのですが、どうやらごくまともな中学生だったようです。

長くなりましたがこれが私が子供のころの思い出です。ずいぶん私も歳をとってしまいました。でも子供のころの性癖というのは変わらないものですね。いまではマンションの十階に住むようになりましたが、プランターに土を盛ってそこにガラスの蓋の牢獄を作っているのです。

一人暮らしですから誰も咎《とが》めるものはありませんし、そもそも咎められるような行為ではないですから。ただの趣味です。

蟻を閉じ込めているのかって？　いいえ私がそこに入れるのは子供のころあの森で捕ま

えた円形の黒い虫だけです。めったに出会うことはありませんが、先日久しぶりに捕獲したのでさっそく牢獄に収容しました。プランターをベランダの日の当たる側に出しておくと虫は二日ほどで死にました。死骸はベランダから捨てました。そんなものに用はないですからね。

さあ知りませんね。下の部屋に住んでいる人のことなんか。亡くなったんですか？　死因に不審な点があるので調べておられるんですね。ご苦労様です。でも私には関係ありません。

二年ほど前にも同じような不審死がこのマンションであったのですか。初耳です。そのころ——私は確かにあの黒い虫を捕まえることができてガラスの牢獄に収容したことはあります。もちろん死にました。それがおっしゃるような時期だったかどうかは覚えてはいません。

どちらの事件も被害者の住んでいる部屋では起こりえないので、どこか別の場所で実行されて死体を運びこんだと思われる。なるほどそれがどうかしましたか。

その虫のいる森の場所ですか？　お教えしてもいいですがなかなか捕まりませんよ。そんなに遠くじゃありません。街はずれの墓地の裏の森です。そこへ行く手前で右へ折れた墓場と森の境あたりに私が子供のころ一人遊びをしていた場所があります。もしかするとそのころ作ったガラスの牢獄がいまも残っているかもしれませんね。あったとしてもどうということはないのですが。

ととんかとん

榎木おじぞう

近所の公園から祭りばやしが聞こえてきて、小学一年生の子どもが行きたいというので、手をつないで町内会の夏祭りに出かけた。
近くの町内会がいくつも集まって催されていて、出店も数多く、かなり盛大なものになっていた。会場の真ん中には高い櫓《やぐら》が組まれ、周りを回る盆踊りに参加を呼び掛けられ、こどもと二人で輪に入った。

とんとんとん
ととんかとん

曲が終わってみると隣で踊っていたこどもがなぜか二人になっている。次はどうするのと、こちらを見上げる二つの顔をまじまじと見ても、声を聴いてもどちらも自分の子どもに違いないようだ。二人の子どもはお互いを見ても不思議に思わないらしく、あっちに行きたい、いやこっちだ、お父さんどっちにいくのとせがんでくる。

祭りだけにタヌキが化けているとか、そんなことかと思い、二人のお尻をさわってみるが、しっぽがあるわけでもない。名前を言わせてみたり、子どもと自分しか知らないことを質問してみたりしたが、やはりどちらも本物の自分の子どもらしい。

どちらかを放っておくわけにもいかず、そのまま二人をつれて祭りを楽しみ、家に帰る。

「あら、どうしちゃったのかしら。でも、よく見ても二人ともうちの子ねえ」と妻は不思議がりながらも、疲れてうとうとしている子どもたちのためにパジャマをもう一着タンスから出してきた。

二人の子どもは昔から二人でいたかのように、特に気にする様子もなく、遊んだり、けんかをしたりして過ごした。周りの人たちは、ちょっと驚いたものの、大した説明もしていないのに受け入れてくれた。妻は賑《にぎ》やかになったわね、と言った。

とんとんとん

ととんかとん

次の年、二人の子どもはまた夏祭りに行きたいというので連れていき、帰りには三人になっていた。

妻は「倍になるって訳じゃないのね」と言いながらパジャマをもう一着出してきた。

その次の年、またその次の年も一人ずつ増えて行き、七人まで増えた。

さすがに七人も子どもがいると、騒がしいし、子どもも成長するので、家も狭くなり、家計も苦しくなってくる。それでも妻は忙しく立ち回りながら、辛そうなそぶりは全然見せなかった。

とんとんとん

ととんかとん

このころになると夏祭りも子どもたちだけで出かけていったが、その夜、六人で帰ってきた。

どうしたのか尋ねても、みんなよくわからないという。増えていくときも変に思わなかったように、減ってもなんとも思わないようだった。

妻は用意していたパジャマから二着をタンスにしまった。

それからは毎年一人ずつ少なくなって帰ってくるようになった。

今年も夏が来て、夏祭りの日、子どもは一人で出かけて行った。

玄関で妻に何時ごろ帰って来るかを尋ねられ、よくわからないとぼそぼそとした低い声で言い残して出て行った。

私たちは広いテーブルに二人で座って、何をするでもなく、祭りばやしを聞きながら昔のことを思い出していた。

とんとんとん
ととんかとん

リズという名の男の宇宙船

社川荘太郎

トルカアラズ星はリズが聞いていたとおり、地球と大差ない環境のようだった。

富裕層だけじゃなく、インフラの整備に必要な専門職を優先的に移住させたというだけあって、鉄道や高層建築物が整然と建ち並んでいるのが着陸したばかりの惑星間航行用小型宇宙船Ｋ１８７７の窓から見て取れた。

すぐに、低い金属音を立てながら、およそ三十年ぶりに宇宙船の扉が開かれた。その扉から入ってくる人間によって自分は捕らえられ、きっと数日のうちに第一級殺人犯として処刑されることだろう。

およそ二十九年ぶりにコールドスリープから覚めたばかりとは思えないクリアな頭で、リズはどうしてこんなことになってしまったのか思い出していた。

※

リズがトルカアラズ星に降り立つはるか昔のことだった。

上昇を続けていた地球の主要都市の平均気温は四十度を超し、各国政府の首脳会議によって人類は地上に住み続けることを諦めざるを得ないと結論づけられた。

地下社会の構築を目指す社会主義国連合と宇宙開発を志す資本主義国連合が足の引っ張り合いに火花を散らす中において、資本主義国連合は奇跡的に人類が住める惑星に目星を付けることに成功した。

当時の惑星間航行法で三十年ほどの距離にある惑星トルカアラズ星だった。

真っ先にトルカアラズ星に送られたのは勇気ある惑星開拓者たちだった。

「移住先は雄大な資源がある夢の星と言ったじゃないか！」

トルカアラズ星に送られた開拓者たちからは度々そんなメッセージが届いたというが、彼らは地球に戻る術《すべ》を持たなかったし、地球に残った人々も彼らを地球に帰すために労力を割《さ》くつもりはなかった。

開拓者たちが無駄死にするよりはと、命と引き換えにトルカアラズ星を人類が暮らせる環境に整備した後に、本格的な移住が開始されることとなった。

開拓者たちの次にトルカアラズ星に送られたのが、〝花車《かしゃ》〟というあだ名で呼ばれていた、いわゆる超富裕層の人間たちだった。

その頃には社会主義国連合の乱開発によって各地で大規模な地盤沈下が引き起こされ、地球上で人間が暮らせる範囲は百年前と比べて十分の一程度まで減っていた。

各地で醜い土地の奪い合いが頻発しだしたのもこの頃のことだった。地球はもう長くはないのではないか、地球上の誰もが額の汗を拭いながらそんな不安を抱えて過ごしていた。

リズが団地に張り巡らされた旧型の気送管によって惑星間航行用小型宇宙船Kシリーズの搭乗員《とうじょういん》に選ばれたという電報を受け取ったのはそんなタイミングだった。

「そのうちドブの中でくたばるだろうと思っていたお前がそんな立派な人間になるなんてね！」

母がリズに言ったとおり、リズは〝花車〟でないどころかスパゲティの乾麺《かんめん》だけを齧《かじ》って一か月生き延びたこともあるような貧困層に所属する人間であった。

そんな自分が最新型の一人乗り用宇宙船と及び聞くKシリーズの搭乗員に選ばれるなんて、なにかの間違いではないかと思った。

手紙に記されていた宇宙船搭乗員説明会の会場に向かうと、リズと同じくホームレスと判別のつかないような身なりの人間が集められていた。

「どうして俺たちが新惑星の移住候補者になったんだろうな？」

リズが隣にいた数週間は風呂に入っていないと思われる臭いを発する男に向かって尋ねると、男はリズを馬鹿にするように笑った。

「俺たちみたいな人間をただで宇宙船に乗せる訳ないだろ。噂じゃあっちの星では道路や建物なんかのインフラ整備の目処《めど》がついて、情報端末の整備に力を入れ始めているらしい。お前も宇宙進出過渡期に大量に雇用されて使い捨てにされたエンジニア難民じゃないか？大方、向こうで新しい捨て駒が必要にされてるんだろうさ」

男の見込みは概《おおむ》ね当たっていた。ただ、一つだけ見込み違いだったのは、必要とされているのは移住先の惑星ではなくその移動中であったことだろう。

説明会の会場に現れた大手宇宙航空会社の職員はこのように説明した。

惑星間航行用小型宇宙船Ｋシリーズの生産が急ピッチで進められている。だが、機能の一部に欠陥が見つかり、年一回は航行プログラムのシステムメンテナンスが必要である。トルカアラズ星まで〝花車〟たちはコールドスリープ状態で運搬されるし、ＡＩは社会主義国連合が作ったコンピューターウイルスによって反乱の危険があったため、リズのように、前時代的なシステム工学の知識はあるが他に何も持たない人間を宇宙船に同乗させ、

〝花車〟たちを無事目的地に送り届けることができるよう、三十年間にわたって宇宙船のシステムメンテナンス作業をさせたいということだった。

「人類の未来のため、皆さんの力を貸してください！」

両手を広げてそう締めくくった職員に対し、あちこちから怒号やウイスキーの空き瓶が飛んだ。

「ま、待ってください。報酬のことを話すのを忘れていました。確かに三十年間という拘束期間はあり二度と地球には戻れませんが、年間一千万ドルの報酬を約束します。三十年間で三億ドル！　トルカアラズ星に到着する頃には、皆さん〝花車〟の仲間入りを果たしていることでしょう」

今度こそ拍手喝采《かっさい》が起き、その日のうちにそこにいた全員の宇宙船搭乗が決定した。

リズが搭乗した惑星間航行用小型宇宙船K１８７７がトルカアラズ星に向けて出発したのはその十日後のことだった。見送りに来たのは母だけだった。


宇宙船の広さは、〝花車〟の男が入ったコールドスリープのカプセルがある空間を除いて四畳半ほど。サプリメントで筋肉量は調整できるとはいえ、こんな狭い空間に三十年間も閉じ込められるなど将来の〝花車〟に対する扱いとは思えなかったが、報酬がもらえなくなっても困るので文句は言えなかった。

目的のトルカアラズ星までお守《も》りをすることになる男は五十前後の口髭の男で、カプセルの中で眠っている男の裸体が常に目に入ることもリズの気分を萎《な》えさせた。これが美女だったらリズの気分も随分違ったものになっていたことだろう。

最初の一か月は順調に過ぎていった。

メンテナンス作業は年に一回で、それ以外の時間はすべて自由時間である。万が一緊急事態が起きた場合に対応が必要であるということで、コールドスリープのカプセルは〝花車〟の男の分しかなかった。

退屈との闘いになると思っていたが、最近のゲームはリズの人生を数十回繰り返しても遊びきれない程の情報量があり、そんなソフトが百本以上あったため、三十年でどれだけ遊べるかがリズの主な心配ごとになった。

だが、宇宙船での生活が一年を過ぎると心配ごとは全く別のものに変わっていた。

宇宙船に乗ったとき、リズは三十四歳だった。今では三十五歳になっている。順当にいけば来年にはきっと三十六。再来年はたぶん三十七歳になるであろう。

そして宇宙船がトルカアラズ星にたどり着いたとき、リズは六十四歳になっているのだ。

リズはコールドスリープ中の〝花車〟の男に目を向けた。男は自分より明らかに老けていた。だが、いずれ誰もいない宇宙の彼方で自分がこの男の年齢を越してしまう日がくるのだ！

そう考えた瞬間、リズは自分の背筋が氷のように冷えていくのを感じた。

日雇いの仕事でその日暮らしをしていたとはいえ、三十四歳であれば様々な可能性が残されていた。結婚して子供を持ったかもしれないし、一か八《ばち》か起業して一山当てていたかもしれない。地球温暖化だって誰かの優れた発明によって今頃すべて解決しているかもしれない。だが後悔しても宇宙船が元の軌道を戻ることはなかった。宇宙船は自動航行で淡々と、老いてゆくリズを運ぶことだろう。

「俺は、俺はなんて愚かな選択をしてしまったんだ……！」

リズの悲痛な叫びを聞く者は半径数千キロメートル圏内に（偶然近くのルートを通っている宇宙船がなければ）一人もいなかった。

いや、待て――リズは目の前で冷凍睡眠している男を見てある閃《ひらめ》きを覚えた。しかし、すぐに首を振った。

例の惑星間航行用小型宇宙船Ｋシリーズの搭乗員説明会の日に、大手宇宙航空会社の職員はこんなことを言っていたはずだ。

「皆さんが大切な〝花車〟の方々に危害を加えるなんてこれっぽっちも疑っていませんが、

一応、念のため、万が一に備えて、〝花車〟の方々に危害を加えられないよう、皆様の脳にちょっとした施術を行いたいと思います」

リズは側頭部にできた傷跡にそっと触れた。

そうだ、俺は施術を受けたことによって、この男に危害を加えようとすると体に激しい電流が流されるのだった。あいつらは俺たちが〝花車〟からコールドスリープ装置を奪い取ることを見越して、こんな施術をしやがったんだ！　リズは何も知らず優雅に眠る〝花車〟の男に激しい憎しみを抱いた。しかし、もはやリズに為すすべはなかった。絶望したリズは子供のようにわんわんと泣いた。泣きながら四畳半の空間をごろごろと転がった。

リズは広大な宇宙に一人きりだった。

リズは冷凍睡眠している男を見た。全てを手に入れたその男はリズのことを見下しているように見えた。

その瞬間、リズは我を忘れ、コールドスリープ装置に不正アクセスすると、カプセル内の温度を生命維持が困難な数値まで低下させた。気づいたときにはかつて〝花車〟であったはずの男はカプセルの中で死んでいた。リズが殺したのだった。

「やっちまった……」

自分を取り戻したリズの口からそんなつぶやきが漏れた。

これから自分はどうなるか、冷たくなった男（冷凍睡眠していたので最初から冷たいのだが）を眺めながら、リズは想像した。

およそ二十九年後にこの宇宙船はトルカアラズ星に到着するだろう。

その時、家族や友人に温かく出迎えられるはずの〝花車〟の男は死んでおり、中から出てくるのはおまけで乗っていた薄汚いエンジニアだ。しかも〝花車〟の男はそいつに殺されているときた。

遺族は怒り狂うだろう。もしトルカアラズ星に裁判制度が確立していなければ、〝花車〟たちの私刑にあうかもしれない。金玉を潰されたり水を大量に飲まされて腹を殴られたりした挙句、生きたまま豚に食わせられるのだ。

こんな想像を二十九年間も続けたら確実に気が狂う、リズはそう確信した。

リズはコールドスリープ装置の機能をオフにすると、既に生命活動が停止した〝花車〟の男の体をカプセルから引きずり出し、床に放った。

すぐに装置を再起動するよう設定しなおすと、死んだ〝花車〟の男に代わってカプセルの中に入り込んだ。

脳内でカウントダウンを進める間、リズの頭に一つの疑問が浮かんだ。

そういえば、〝花車〟に危害を加えられないような施術を受けたはずの自分に、どうして〝花車〟の男を殺すことができたんだ？

答えを見つけるより先に、リズは氷漬けになり一〇五八五日間の眠りについた。

※

トルカアラズ星に到着したばかりの宇宙船に入ってきたのは見知らぬ美しい女性だった。

「長旅お疲れ様でした」足元に転がる、かつて〝花車〟であった乾涸《ひから》びたものには目もくれず、女性はリズに向かって言った。

「違うんだ、俺は〝花車〟じゃなく、そこにあるそれが……」

すべてを話してしまおう。リズは覚悟を決めた。誤魔化そうとしても、すぐにバレて殺されるに決まっているのだ。

「リズ様、落ち着いてください。それは〝花車〟ではなく死刑囚だったものです。そしてリズ様、あなたこそトルカアラズ星に移住する〝花車〟なのです」

「は？」

女が言っている意味が分からなかった。自分が〝花車〟で、これが死刑囚だったものだって？

「混乱するのも無理はありません。順を追って説明させて頂きます。惑星間航行用小型宇宙船Kシリーズが開発された当初、安定しない航行システムのメンテナンスのために〝花車〟とシステム工学を専門とするエンジニアを宇宙船に乗せ、地球からトルカアラズ星へ一斉に送り出すことが計画されました。

しかし、事前のシミュレーションの結果、人間がそのような状態に置かれたとき、九十八パーセントの確率でカプセルの中の人間を殺してコールドスリープ装置を奪うことが判明しました。ちょうど、今のあなたと同じように」

「俺と同じように……。つまり、俺がただ老いていくのを恐れて〝花車〟からコールドスリープ装置を奪うことは、最初から想定されていたというのか」

そんなことがあり得るだろうか。リズは驚きに震えた。

「その通りです。我々と地球の各国政府は連絡を取り合い、一つの結論に至りました。それは、このシミュレーション結果を逆手《さかて》に取り、〝花車〟の人間に、一時的にエンジニアの人生の記憶を植え付けたうえで、偽物の〝花車〟を殺させるというものです。つまり、九十八パーセントの確率で同乗者を殺す側に〝花車〟を配置し、九十八パーセントの確率で同乗者に殺される側には社会主義者として捕らえられた死刑囚を置いておくことにしたのです」

「俺の人生の記憶が、植え付けられたものだと……？」

とても信じられなかった。リズはスパゲッティの乾麵を齧った日々を思い出した。

「はい。〝花車〟であるあなたは、この星に向けて出発する直前に記憶を改変するための施術を受けたのです。あなたの本当の名前はリズではありません。リズとは宇宙船に乗る人間に与えられる仮の名前であり、この計画そのものの名称です。

ちなみにひもじくてスパゲッティを齧るリズの設定を書いたのは私です。困窮している感じがリアルであると皆様には好評です。あ、ご心配なく。あなた様の本当の記憶も一緒に運ばれていますので、すぐに上書きすることができます」

「――分からない」リズは声を絞り出した。

「何がでございましょう」

「仮にその話が真実なら、どの宇宙船もシステムメンテナンスなしで長い期間航行することになるはずだ。それが可能なら、最初からエンジニアを同乗させるなんて面倒なことをしなくていいんじゃないのか？」

「最初の一年間が九十六パーセントです」

「何の数字だ？」

「航行システムに誤作動を起こした宇宙船の、誤作動を起こした時期です。誤作動を起こした宇宙船はこの星にはたどり着きません。つまり、エンジニア――もしくはエンジニアの記憶を持つ人間は、最初の一年間、必ず宇宙船にいる必要があったのです。エンジニアの分のコールドスリープ装置があればよかったんでしょうが、粗悪品である宇宙船Kシリーズを見れば分かる通り地球にそのような余分な資源は残されていませんでした。地球上の人類も既に絶滅して久しいです。

あ、ほかにも面白いデータがあって、リズたちに『自分は〝花車〟に危害を加えられないように施術されている』という偽の記憶を植え付けるようにしてから、リズが〝花車〟を殺す確率が百パーセントまで上がったんです。その記憶によって〝花車〟への憎しみが増幅されるのでしょう。逆に偽物の〝花車〟を乗せずにエンジニアだけを宇宙船に乗せた場合、三パーセントのエンジニアたち――実際は〝花車〟なのですが――が自らの突然の幸運を訝《いぶか》しむあまり自殺しました。面白いですよね。それと、リズたちが〝花車〟を殺すまでの平均期間ですが三百――」

「もういい。もう何も聞きたくない」

それはリズの記憶を持った男の心の底から漏れた声だった。

女性はにこりと微笑むと、「では行きましょう、我々の新しい世界へ」と、まだ名前のない男をエスコートするために左手を差し出した。

およそ三十年ぶりの大地だった。

二つの太陽光に照らされた惑星にはたくさんの人間が忙《せわ》しなく歩き回っていた。その光景はまるで地球のようだった。

俺は今日からここで生きていかなくてはいけないのか。

そこはかつてリズと呼ばれた殺人者たちの星だった。男はその星での生活に思いを馳せて身震いすると、地球よりも少し重力の軽い世界に足を踏み出した。

リゾート

あんどー春

夏休みに集中して稼げるいい仕事はないかと大学の友人に相談すると、リゾートバイトを勧められた。彼は去年、海の家で働いていたという。

「ほとんど遊んでたようなもんだよ。朝からサーフィンして夜は花火してさ」

「仕事きつくないの？」

「ビキニの女の子たちとわいわいしゃべってればいいんだぜ。天国だろ。おれ卒業したらそっち系に就職しようと思ってよ」

さすがにそこまで甘い話ばかりではないと思うが、普段と違う環境に身を置いてみることには興味がわいた。ちょっとした旅行気分が味わえるし、近所で適当にレジ打ちのバイトかなにかをするよりは何倍も成長できる気がする。来年には就職活動も控えていることだし、そこで濃密な経験が得られればきっと大きなプラスになるはずだ。

というわけでさっそくネットで検索してみると、たくさんの求人がヒットした。定番の海の家はもちろん、旅館の調理補助や土産屋の店員なんていうのもある。

ただ、接客業や厨房《ちゆうぼう》スタッフなら都心にいてもできるので、どうせなら話のネタになるような変わった仕事がしたいなと思っていると、〈旅のお供、募集します〉という聞いたことのない求人を見つけた。離島へ旅する雇用主のサポートをしてほしいのだという。トランクを運んだり、滞在中の買い出しに同行したりすればいいのだろうか。具体的なイメージはわかなかったが、そこまで大変な仕事ではなさそうだ。なにより、離島という単語に心が弾んだ。青い海と広い空に日々癒《いや》されるだろうし、もしかしたら素敵な出会いだってあるかもしれない。

期待をふくらませつつさっそく電話してみると、かなり高齢と思われるしわがれた声の男性が出た。

「あの、求人サイト見たんですけど」

切り出すと、男性は「それはそれは。誠にありがとうございます」と、こちらが恐縮するほど丁寧に応じてくれた。

「旅のお供って書いてあるんですけど、何をすればいいんですか」

「うちの息子が島へ出かけることになったんですが、一人で行かせるのは不安でしてね。付き添いをお願いしたいんです」

声の感じからすると八十歳くらいと推測できるから、息子というのは五十歳前後のおじさんだろうか。じゅうぶん大人な気もするが。

「息子さんっておいくつなんですか」

「今年で十歳になります」

「十歳？」

孫と間違えてやしないか。それとも養子？　家庭の事情に首を突っ込むのははばかられたのでそれ以上は踏み込めなかったが、十歳の子どもなら引率をつけること自体には納得がいく。ご自身では体力的に厳しいのだろう。

「立派な息子さんですね。小学生で一人旅なんて」

採用を勝ち取るためとりあえずおだててみると、男性は「学校には通ってないんですよ」と不可解なことを言い出した。

「え？」

「山奥に住んでいるものですから」

それは義務教育を受けない理由にはならないと思うが。

「生まれてから今まで、我々夫婦以外の人間と接したことがない子なんです。だから心配で」

　かなり複雑な家庭のようだ。ひょっとして今回の旅というのは、むかし山に自分を捨てた本当の両親を探しに行くとか、そういう重大な目的が絡んでいたりするのだろうか。やや気が重くなってきた。

「あの、失礼ですけど、息子さんの旅っていうのはどういった……」

　勇気を出して訊くと、男性は「平和のためです」と誇らしげに言った。

「平和？」

「鬼を退治してくると意気込んでおりまして」

　流行《はや》りの映画に感化されたらしい。ほほえましい話ではあるが、そんな幼稚な理由で小さな子どもを単身離島に行かせるなんて、保護者として無責任すぎやしないか。

「赤ん坊の頃からたくましい子でしてね。川上から流れついたところを拾ってきた子なんですが、そのときもケガひとつしてませんでしたから」

　やはり捨て子を育てているようだ。ひとつ謎は解けたがなんと返していいかわからなかったので「ちなみに、給料っていくらなんですか」と話題を変えた。募集要項には出来高払いとしか書いておらず、子どもの引率とあっては、何をすれば報酬が高くなるのかはっきりしない。

「それは現地に行ってみないとわからないんですよ」

「鬼を退治して、そこで手に入れた財宝を山分けという形になりますので」

「はい？」

なんだか怖くなってきた。子どもがヒーローごっこをしているだけならいざしらず、親までこの調子とは。単純にボケてしまっているのか。あるいは、いろいろうやむやにしておいて、知らないうちに何らかの詐欺《さぎ》に加担させられていたとか、そういった類《たぐ》いの話かもしれない。

「じゃあ鬼が財宝を持っていなかったら、給料ゼロってこともありえるんですか」

調子を合わせてたずねると、男性は「代わりといってはなんですが、おいしい団子《だんご》は用意しますよ」と言ってきた。

「団子？」

「家内が作る団子は絶品でしてね。当日は息子にも持たせてやるつもりなので、ご賞味いただければ」

比較的楽そうな仕事とはいえ、和菓子の現物支給で済まされてはたまらない。さすがにこの条件はのめないのでどう断ろうかと言葉を選んでいると、男性の方から質問してきた。

「ちなみに、動物アレルギーはありますか」

「いえ、とくにないですけど」

「どうしても連れていってくれときかないようなので、森の動物たちも同行させる予定なんですよ」

まるで動物のほうから頼んできたような言い方だが。「動物、というと？」

「犬と猿とキジです」

「いやいや……」

犬はともかく、野生の猿なんて連れていって暴れられたら手の施しようがないじゃないか。キジにいたっては国鳥だ。狩猟免許を持っていない者が飼うことは禁止されていると聞いたことがあるが、無闇に連れまわして罰せられたりしないのか。だいいち、キジを連れて旅するってどういう状況だ。

「すいませんけど、今回はちょっと……」

どう考えても不審な点が多いので辞退を申し出ると、「成功すれば、その武勇伝が永遠に語り継がれますよ」とわけのわからないことを言って食い下がってきた。いよいよ狂気じみた気配を感じたので「ごめんなさい」と一方的に電話を切ってすぐさま着信拒否を設定した。

危うく道を踏み外すところだった。考えてみれば、旅のお供募集などという文言《もんごん》自体が怪しかったのだ。海とか離島とか、甘美な響きに麻痺《まひ》してつい変わり種に食いついてしまったが、こんな正体不明の老人に付き合っていたら、あれこれ理由をつけていつまでも解放してもらえない気がする。この夏は教習所にも通っておきたいし、カラオケにもバーベキューにも行きたい。今しかない貴重な時間を、見ず知らずの僻地《へきち》で浪費している暇はないのだ。

気を取り直して別の求人を探し出すと、宴会場のホールスタッフ募集に目がとまった。主に地元の漁師をターゲットにしていて、城を模した豪華絢爛《けんらん》な造りが人気の老舗《しにせ》店だという。やはり普通が一番だ。面接来訪者にはお土産もくれるというので迷わず電話した。相当電波が悪いのか、やけにくぐもった声ではあるものの、優しそうな女性が明るく対応してくれた。

「当店は鯛《たい》やヒラメが舞い踊る活気ある職場です」

新鮮な魚介類が踊り食いできるなんて楽しそうなので、ここで働くことに決めた。

黒い雪

前坂なす

「ばあちゃん、黒い雪」

驚いて空を指差すと、祖母が繋いだ手をほどいて窮屈そうに空を見上げた。

「ははっ」

目を細めて僕を見た。

「あれは陰」

「かげ?」

「そう陰。今日みたいに空が明るいと、雪にも陰が出来るの。だから白い雪も、あんな風に黒く見えるの」

祖母はもう一度空を見上げると独り言のようにつぶやいた。

「人と一緒」

「人と?」

首を傾《かし》げる僕を見て、また笑った。

「けんちゃんには、まだ少し早いか」

あれから十年が過ぎた。中学最後の年を迎え、ようやくあのときの言葉が理解できるようになった。

祖母のお墓に手を合わせたあと、石段を下りながら眼下に広がる町を見た。年老いた山々は飴色《あめいろ》の岩肌をさらし、町の中心を切り裂く川は鉛色の空を映し出している。僕が育ったこの町は、かつては東洋一の鉱山として栄えた町だ。日本の近代化を支えてきた鉱山も、僕が生まれてすぐに閉山となった。鉱山で働く男たちの泥の匂い。洗濯場から聞こえてくる女たちの笑い声。そして山にこだまする子供たちの歓声。祖母が語ってくれたそんな光景は、もうこの町からは消えてしまった。町を往く人々は、これから訪れるだろうこの町の終焉《しゅうえん》を悟っているかのように俯《うつむ》いている。

町が寂《さ》びると人が錆《さ》びる。祖母の口癖を思い出した。

「おい、山田」

お寺の石段を下りて商店街を歩いていると、同級生の大林君に呼び止められた。

「お祭りのことで頼みたいことがあるんだ」


年を追うごとに寂《さび》れていくこの町にも、年に一度だけ息を吹き返す日がある。秋祭りだ。県外からもたくさんの観光客が訪れる祭りは、この地方の三大祭りの一つに数えられている。平安時代の装束を身に纏《まと》った行列が町を練り歩き、能や雅楽《ががく》が見物人の前で披露《ひろう》される。

そんな華やかな祭りの中で、最も地味な催し物がお神輿《みこし》だ。祭りで使われるお神輿は、かつては鉱山の安全祈願に使われていたお神輿で、狭い坑道でも通れるようにミカン箱と同じくらいの大きさに作られている。そんな小さなお神輿をたった二人で担《かつ》ぎながら町を練り歩く姿は、華やかな祭りの中では少し浮いた存在だ。


「えっ、お神輿？　お神輿なんて僕には無理だよ」

「頼むよ山田。お神輿を担ぐ為には、どうしても二人必要なんだ」

「ごめんね。他の人をあたってみてよ」

「もうクラスの全員にあたったよ。お祭りの日はみんな友達と出掛けるみたいなんだ」

「手伝ってあげたいけど、僕みたいに痩《や》せっぽちじゃ、お神輿なんてとても担げないよ」

百キロもある巨漢の大林君と比べると、僕はその半分しかない。

「大丈夫だよ。あのお神輿はとっても軽いんだ」

「でも……」

「頼む、この通り！」

突然ひざまずいて土下座を始めた。

「ちょっと、やめてよ」

商店街を通る人が怪訝《けげん》そうに僕たちを見ている。これ以上続けられたら町で変な噂が立ちそうだ。

「担ぐよ。担ぐから、もうやめてよ」

その神社は鉱山で落盤事故が相次いだときに、災いを鎮《しず》めるために建てられた。祖母が子供の頃は、山で獲《と》ったイノシシを境内にある御神木《ごしんぼく》に吊るして、生贄《いけにえ》としたらしい。でも閉山となった今は宮司《ぐうじ》もいなくなり、秋祭りで担ぐお神輿だけが置かれている。

境内にある蔵の扉を開けると、古びた小さなお神輿が姿を現した。

「これがお祭りで担ぐお神輿？」

「ああ、これを二人で担ぐんだ」

お祭りで何度か見ていたけれど、実際に目《ま》の当たりにすると、想像していたより一回りくらい小さなお神輿だ。

「山田は前を担いで。俺が後ろを担ぐから」

お神輿の台輪から伸びた二本の担ぎ棒を両肩に載せて、大林君の掛け声でお神輿を持ち上げた。少し重めのリュックを背負ったくらいの重さだ。

「思ったより軽いね」

「な、痩せっぽちでも大丈夫だろ」

振り返った僕を見て大声で笑った。

大林君の掛け声でお神輿を下ろしたあと、前から気になっていたことを訊《き》いてみた。

「大林君は、なぜお神輿を担ぐようになったの？」

「切っ掛け？　切っ掛けはあの崩落事故だよ」

この町の地下には、明治時代から掘り続けられてきた坑道が蜘蛛《くも》の巣のように張り巡らされている。五年前にその廃坑の落盤が引き金となり大規模な崩落事故が起きた。そして廃坑の上に建てられていた二軒の家が陥没した穴に吸い込まれて二人が命を落とした。一人が大林君の母親で、もう一人が僕の祖母だ。

「山田も覚えていると思うけど、あの年は神社が出来てからずっと続いていたお神輿が中止になったんだ」

「うん、覚えている。お神輿の担ぎ手が見つからなかったんだよね」

「ああ、そして三日後に落盤が起きた。落盤から町を守るお神輿を、格好悪いからって中止にしたんだから、そりゃ落盤も起きるさ」

「でも、あの崩落は本当に怖かったね」

「ああ、でも俺はそのあとのほうが怖かったな」

「そのあと？」

「崩落が起きたとき、穴の縁にぶら下がっていた母さんの手を一度は摑《つか》んだんだ。でも小学生だった俺には引き上げる力が無かった。その日を境に父さんが酒ばかり飲むようになったんだ。そして酔っ払うと俺のことを殴るようになった。俺のことを人殺しって呼びながらな」

僕は言葉を失った。

「落盤が切っ掛けで、またこんな辛い思いをするくらいなら、お神輿で恥ずかしい思いをするほうがマシだなと思って、それで俺がお神輿を復活させたんだ」

大林君が帰ったあと一人で神社に残りいつもの儀式を始めた。心が乱れたときに必ずやる儀式だ。

足元のアリを捕まえると、拝殿の床下にもぐり込んだ。床下にはたくさんのアリ地獄が巣を作っている。僕は捕まえたアリをアリ地獄の中に落とした。アリは穴から逃れようと必死でもがいている。こうやってアリがもがく姿を見ていると、なぜか僕の苦しみが薄らいでいく。

そして砂の中へと引きずり込まれていくアリを見ながら、僕は心を整えた。

秋祭りが始まった。神社の社殿で祈禱《きとう》が執《と》り行われたあと、大林君の掛け声でお神輿を担いだ。そして笛や太鼓の祭囃子《まつりばやし》に見送られて神社を出発した。

お神輿が参道を下り始めると、祭囃子が止み、辺りが静寂に包まれた。鳥居へ続く長い参道に人影は無い。

「わっしょい、わっしょい」

大林君が突然大声で叫び始めた。僕も一緒に大声で叫んだ。

「わっしょい、わっしょい」

曲がりくねった参道を下りて、川沿いの県道を進み、町で一番大きな橋を渡り、ようやく目抜き通りに出た。

「わっしょい、わっしょい」

神社を出発して一時間が過ぎた。あんなに軽かったお神輿が鉛のように重く感じる。担ぎ棒を載せた肩は赤く腫《は》れ上がり、一歩踏み出すたびに足も腰も悲鳴を上げている。

「わっしょい、わっしょい」

おぼつかない足取りで進み、ようやく出店が並ぶ商店街の入り口まで辿り着いた。ここまで来れば残りは半分だ。

焼きそば、綿菓子、たこ焼きの出店を通り過ぎ、かき氷の出店の前まで来たとき、僕は道路に落ちていた焼き鳥の串に足を滑らせてお神輿が大きく傾いた。

「あっ！」

必死でお神輿を立て直そうとしたが、勢いがついたお神輿は止まらなかった。

「キャー！」

見物人の悲鳴の中、僕はお神輿と一緒にかき氷の出店に突っ込んだ。テーブルに置かれていたシロップがひっくり返り、頭の上から滝のように降り注いだ。お神輿の屋根は割れ、胴は台輪から外れ、二本の担ぎ棒も無残に折れている。

大林君はお神輿の残骸を見つめたまま、呆然と立ち尽くしている。

祭りの翌日、待ち合わせ場所の神社に行くと大林君が蔵の前で待っていた。その顔を見て息を飲んだ。大林君の顔は化け物のように腫れ上がっている。

「顔、どうしたの？」

「祭りで酔っ払った父さんに殴られた」

大林君は後ろを向くと蔵の扉を開けた。蔵の中には壊れたままのお神輿が無惨な姿を晒《さら》している。

大林君がズボンのポケットからナイフを取り出した。

「あっ！」

驚いて後ずさりをすると、お神輿に巻いてある白いしめ縄をナイフで切り取って、石畳の上に放り投げた。そして怯《おび》えたように言った。

「お神輿が壊れたから、また落盤が起きる」

「落盤？」

「一晩寝ずに考えたんだ。どうしたら落盤から町を守れるかって」

「ねえ大林君、落ち着いてよ」

目は充血し、焦点も定まっていない。

「俺はもうこんな辛い思いをするのは嫌なんだ！　落盤なんてもうこりごりだ！」

「大丈夫だよ。落盤なんて起きないよ」

大林君は御神木を見上げた。

「一晩考えたら、山田から聞いた話を思い出したんだ。町を落盤から守るには、この御神木に生贄《いけにえ》を吊るせばいいんだ」

大林君は僕にナイフを向けた。


境内を全力で走った。静まり返った境内に僕の乾いた足音だけが響いている。参道を下ると背後から迫ってくる大きな足音が聞こえてきた。歯を食いしばって全力で走った。参道の先に鳥居が見えてきた。鳥居を抜ければ人通りの多い道路に出る。そこまで辿り着けばもう大丈夫だ。後ろを振り向くと、僕の肩に大林君の顔があった。

気が付くと、白いしめ縄で縛られて御神木に吊るされていた。大林君はナイフを御神木に突き立てた。

「助けて！　誰か助けて！」

大声で助けを呼んだ。

「誰も来ないよ。この町に俺たちのことを気に留める人なんて、一人もいないよ」

大林君がナイフを振り上げた。

轟音《ごうおん》が鳴り響き、景色が変わった。

僕の下には漆黒《しっこく》の闇があった。崩落だ。町中に張り巡らされた坑道は、神社の下まで延びていたのだ。穴は恐ろしいほど深く、呑み込まれた神社さえ見えない。

大林君は僕のズボンのベルトを両手で摑んだまま、ぽっかりと口を開けた穴の上にぶら下がっている。

御神木の枝は二人の重みで大きくしなり、ミシミシと不気味な音を立てている。このままだと枝が折れて二人とも穴の中に転落してしまう。

僕はお腹を少しだけ引っ込めた。ズボンが少しずり落ちて、大林君が悲鳴を上げた。

「助けて……」

弱々しい声で懇願する大林君を見て、アリ地獄に引きずり込まれるアリを思い出した。

大きく息を吸って思い切りお腹を引っ込めた。枝が大きく弾み、暗闇の中から大林君の悲鳴が聞こえた。

助かった。

もう暫《しばら》くすると崩落に気が付いた町の人が、神社に駆けつけてくるだろう。僕は静かに目を閉じた。

あの日、祖母と一緒に居間でテレビを観ていたとき、床の下から地鳴りが聞こえてきた。異変に気が付いた祖母が窓を開けると、そこにあるはずのイチョウ並木が消えていた。

気が付くと目の前に大きな穴があった。祖母は窓際のカーテンにしがみ付き、その体の半分は穴の中にあった。祖母の手はすぐ目の前にあり、一歩踏み出せば摑むことができた。でも僕は死ぬのが怖くて一歩も前に踏み出せなかった。

そんな僕の様子に気がついた祖母は少し淋しそうに笑うと、小さく頷《うなず》き、いつもの優しい笑顔を浮かべた。そしてそのまま穴の中へ消えていった。

何かが頬に当たった。目を開けると僕の周りに白い雪が舞っている。でもまだ九月だ。雪など舞うはずがない。目を凝らして見ると、それは白いしめ縄の切れ端を咥《くわ》えたアリだった。白い切れ端を咥えたアリが、くるくると旋回をしながら暗闇の中に落ちていく。頭の上を見ると無数のアリがしめ縄を食いちぎりながら穴の中へと落ちていた。かき氷のシロップをたっぷり吸ったしめ縄にアリが群がってきたのだ。枝に括《くく》られたしめ縄は、アリに食いちぎられて既に半分くらいの太さになっている。

「助けて！　誰か助けて！」

僕は大声で何度も叫んだ。

町が寂びると人が錆びる。祖母の声が聞こえた。

暫くするとしめ縄が小刻みに震え始め、枝が弾ける音がした。

そして黒い雪が空へ舞い上がった。

休憩は十五分だった

小竹田《しのだ》　夏

パーキングエリアのトイレに入り、売店をひと回りすると、佐伯《さえき》にはもうやることがなかった。十五分の休憩時間はまだ残っていたが、高速バスに戻ることにした。目的地の山形までは、残り三分の一。東京のターミナルでバスに乗り込んだとたん眠りに落ち、この休憩所まで眠り続けた。おかげで溜まっていた疲れは大分ましになった。

バスには運転手も客もまだ誰も戻っていなかった。最前列に再び座ると、いつの間にかリクライニングが元に戻っていた。また少し席を倒し、窓から外を眺める。駐車スペースの半分が埋まり、バスも何台か並んでいる。秋晴れの空の下、車の間を縫って一人、二人と客がバスに戻ってくる。

最後にバスに戻ってきたのは運転手だった。二十代の痩せぎすの男で、帽子を斜めにかぶり、ネクタイをだらしなく緩《ゆる》めている。佐伯は自分の二十代を思い返した。教師の仕事を一通り覚え、生徒からは熱血教師、校長からは生意気な若造と見られていた時期だ。

乗客は九人だけで、運転手はやる気なく通路を歩いて、乗客を指差し数えた。運転席に戻り、携帯電話で、

「九名、異常なしです」

と報告すると、口ごもった早口で車内アナウンスをした。

「発車時刻を過ぎました。皆様お揃いですので発車します」

佐伯が腕時計を見ると、予定を六分過ぎていた。バスは巨象が立ち上がるようにゆっくり動き始めた。佐伯は窓の外に目をやって、ハッとした。若い女性がバスに並んで小走りをし、困惑した表情で何かを言っている。

「運転手さん」

佐伯が声をかけた。運転手の返事はない。佐伯は身を乗り出した。

「乗り遅れた人がいませんか？」

運転手は正面を向いたまま答えた。

「人数は合ってます」

「でも、ほら女性が」

運転手はミラーにちらりと目をやった。

「発車時刻を過ぎてます」

門番のような確固たる口調だった。発車時間が過ぎたらどうなるか、佐伯にも分かっている。

『これから十五分の休憩に入ります。貴重品をお持ちになってお降りください。なおバスは発車時刻を過ぎますと発車しますので、必ず時間内にお戻りいただきますよう、お願い申し上げます』

実家山形への帰省で、高速バスをいつも利用している佐伯は、休憩前のアナウンスを諳《そら》んじることができる。実際、時間厳守は単なる脅しではなく、ターミナルで乗り損《そこ》ねた人を何度か見ている。

佐伯は再び外の女性を見た。女性はすがりつくような視線で並走を続けている。佐伯は背筋がゾワゾワした。二十年前に公園で遺体となって発見された教え子に、顔が似ているような気がした。思い過ごしかもしれなかった。いずれにせよ、佐伯は当時その生徒に何もしてやれなかった。

「バスを止めてやってくれませんか？」

「出発時間までにお戻りいただくのが、ルールです」

ルール、ルール。佐伯がさんざん悪ガキに言ってきたことだ。最近では、コンプライアンス、委員会の承認、ネットの反応も加わって、がんじがらめだ。石頭の教頭が乗り合わせていたら、一分遅れただけでキーキーわめいたことだろう。人間は機械にでもなろうとしているのか？

「キミね、こんなところに女の子を一人残して」

運転手は面倒くさそうに答えた。

「途中で勝手にバスを止めたり、人を乗せたりはできません。道路運送法違反になります。乗り遅れた場合は」

佐伯は運転手の横で仁王立ちした。

「あの子に事情を聞くとか説明するとか、なにかあるだろ！」

運転手は横目で佐伯を見て、バスを脇に寄せた。

「お客様の安全確保のため、バスを一時停車します」

アナウンスが車内に響き、視線が佐伯に集中した。

「お客さん、席に戻ってくれませんか。道路交通法違反になります」

「私のことより、あの子だ！」

運転手は口をゆがめて、そっぽを向いた。こういう態度の生徒を、佐伯はいやというほど見てきた。二十代の佐伯なら、反射的に平手打ちを喰らわせたところだ。

「他のお客様もいますので」

運転手の迷惑そうな声を打ち消すように、女の子はバスのドアを外から叩いた。泣き出しそうな顔をしている。

そこに車内後方から声がした。

「急いでるんだけど、早く出発してちょうだい」

佐伯が髪を逆立《さかだ》てて振り返ると、乗客はいっせいに目を逸らした。佐伯はわざと大声を出した。

「あの子を放っておくんですか？」

運転手はまったく手に負えないという調子で、携帯電話を手にし、会社と短いやり取りをした。

「お客さんは席に戻ってください」

運転手が佐伯を制して、軽い身のこなしでバスを出た。佐伯はしぶしぶ席に戻り、身を沈めた。情けなくて唇を嚙んだ。日本人はいつからこんなに薄情になったのか。いつから困った人を平気で放っておくようになったのか。自分は三十年間、生徒たちに見当違いの教育をしてきたのか？

バスの外では、運転手と女性が逆光の中にいた。運転手は何度か首を横に振り、女性はうなだれたままだった。車内では不満の混じったざわつきが起きている。

運転手がバスに戻り、ドアが閉まった。

「お待たせしました」

佐伯は反射的に立ち上がった。

「乗せないのか？」

「あとは会社が対応します」

運転手は佐伯に席に戻るよう促した。佐伯が反論しようとすると、車内からさっきとは別の声が上がった。

「あんた、いい加減、席に戻ったらどうなんだ」

佐伯が振り返ると、乗客全員が佐伯を睨《にら》んでいた。もう席に戻るしかなかった。

バスが動き始める。外に残された女性はスマートフォンをかざしてバスに向けていた。スマートフォンに隠れて表情は見えない。女性の姿はみるみる遠く小さくなり、消えた。

「これより終点仙台、仙台まで向かいます」

バスは速度を上げ、佐伯の頭から血の気が引いた。肺から空気が抜けたように息苦しい。

佐伯はバスを乗り間違えていた。

ぶうんぶうん

ピーター・モリソン

最初に羽音を聞いたのは、一年前の夏だった。

「あなた、他人に興味がある？」

確か職場で、そう訊かれたときだった。突然鳴り出した羽音のせいで、うまく言い返せなかったのを覚えている。耳の奥でどんどん大きくなるそれは、ついには周囲の声を掻き消してしまうほどになって、ぴたりと止《や》んだ。

正直、他人には興味をもてなかった。自分の中だけでうまくいっているのに、それを崩してまで他人と交わる必要がどこにあるのだろうか。他人と話すことで世界が広がると言われるが、必ずしもそうではない。徒労に終わることの方が多いように僕は思う。

それよりも、本を読む方が効率的に見聞を広められる。ソファに腰を据えて、頁《ページ》を捲《めく》る。そんなひとときは自分にとって貴重なものだ。読書は、寝るまでの欠かせない日課となっていた。

ある夜、窓辺に妙な気配を感じて、僕は読みかけの本から視線を上げた。少し開いたカーテンの狭間《はざま》に、一匹の蛾《が》が止まっている。大きめの蛾だ。重たそうな肌色の羽を垂らしている。ちょっと興味が湧いて、窓を少しだけ開けてやると、ぱさぱさと中に入ってきた。

蛾は光の中で羽ばたいて、天井の隅に止まった。

ああ、入れてしまったと思いながら、しばらく見上げていたが、追い出すのも面倒になって、本の続きを読み始めた。

結局、蛾の存在を忘れ、僕はそのまま寝入ってしまったのだ。

*

ぱさりと、顔の上に何かが落ちてきた。

眠りを引きずったままそれに触れると、微《かす》かに羽ばたく。それであの蛾だと気づくが、そのままにしておいた。蛾に刺されるとは、あまり聞いたことがない。蛾を嫌う人は多いが、僕はそうでもない。どちらかといえば、うるさい輩《やから》よりは蛾の方が随分ましだ。

僕は手のひらに蛾を乗せてみた。それは予想に反し、艶《つや》やかで、繊細だ。月明かりにそっとかざしてみる。

かなり不気味な形をしていた。裏返すと、羽はまさに人の耳そのものに見える。形も大きさも。耳殻《じかく》の凹凸《おうとつ》があり、耳の孔《あな》が奥へ続いている。こんな蛾がこの世に存在するのかと疑わしくなった。

蛾はおとなしくしていた。羽を緩《ゆる》やかに動かすくらいだ。産毛《うぶげ》が輝いている。若い女性のような透明感を備えていた。羽の左耳に小さなほくろがあった。ちょうど耳たぶの辺りに。

不意に、蛾は手のひらから飛び上がって、目の前をちらちらとしてから、僕の頬の上に止まった。

少し顔を引いたが、嫌じゃない。瞳を閉じて、僕はベッドに仰向《あおむ》けに横たわった。羽の右耳が僕の唇に重なっている。微妙な重みと質感が、そこにある。まるで女性の耳に口をつけているようで、少なからずどぎまぎした。

口を薄く開けたり、閉じたりした。

そのうちに、何か喋りたくなった。蛾に何を語ればいいのか迷ったが、どうせ理解出来ないだろうと高をくくり、朝からの出来事を順番に語っていった。何を食べたとか、仕事のこだわりとか、読みかけの本の話とか。

次第に熱がこもっていった。吐息で、羽の右耳が湿ってくると、蛾は僕の鼻の上を渡って、左耳を当てた。

蛾が動き終わるのを待って、僕はまたしゃべり始めた。こんなにも誰かに話したいことがあるのかと、正直驚いた。

……ひとしきり喋ると、蛾は僕から離れ、窓に向かって飛んだ。帰りたそうに羽を揺らす。窓を開けてやると、夜へ飛び去った。

夢のような出来事だったが、次の日もそれはやって来た。

僕は蛾に名をつけた。ぶうんぶうん。昨夜のように話を聞かせ、また夜へ帰した。そうやって毎夜毎夜、僕はぶうんぶうんを待つようになった。

幾度目かの夜、もう話すことがなくなって、ぼんやりと天井を眺めていると、むらむらと舐《な》めたくなった。羽の耳をだ。ずっと前からそうしたかったのかもしれない。濡れた舌先で耳殻の輪郭を辿《たど》り、ついには孔の中へ差し入れた。

少し震えながら、ぶうんぶうんは細い足で僕にしがみついてきた。

羽の右耳が濡れそぼると、ほくろのある左耳も舐めてみた。

＊

夏が終わる頃、ぶうんぶうんは来なくなった。

夜、窓を開けて待っていたが、三日経ち、五日経ち、一週間が過ぎた。涼やかな風を感じながら、もう来ないのだろうと、僕は思った。

とは言え、あれはいったい、なんだったんだろう？

そんな疑問を抱きつつ、夜の彼方《かなた》を見つめていると、急に、耳の奥で羽音が聞こえ出した。職場で耳にしたあの音だ。ぞくぞくとして、耳を手で押さえる。振動が頭の中で共鳴し、目眩《めまい》がする。立っていられなくなり、僕はベッドの上に転がった。

やがて、おかしなことが始まった。

僕の両耳が、鼻へ向かって動き出した。それに連れて、顔が落ちくぼんでいく。まるで空気が抜かれたように。側頭部が伸びてきて、餃子《ぎょうざ》の皮のように顔を包み込む。目では見えないその変化が、なぜか手に取るように脳裏に浮かんだ。

視界は閉ざされたが、鼻が元あった辺りで左右の耳が出会い、ぴたりとくっつく。それが皮膚感覚でわかる。出会った耳と耳の間に胴体がつくられ、触覚やら脚やらが伸びゆく。

僕の心は潰《つぶ》れた顔から迫《せ》り上がり、耳と耳、その中心へ入っていった。別の身体を得たかのようだった。

ぐっと脚を曲げ、羽の耳に力を入れると、夜へ飛び立てた。

ぶうんぶうん。自分が飛んでいる。いや、何かに飛ばされているのか。わからないままに、ぶうんぶうんとなって飛んでいく。

どこへ行くのか。月が、僕を見ている。空気が冷たい。孤独感を覚えて、人恋しさが芽生えていく。

もしかしたら、飛びながら眠ってしまったのかもしれない。こつっと、どこかにぶつかって、僕は意識を取り戻した。

窓か。身体が勝手に振動し始め、硝子《ガラス》をかさかさと叩く。まるで誰かを呼ぶみたいに。

すると、すっと窓が開いた。

導かれるままに、僕は羽ばたきを繰り返した。見知らぬ部屋へ入り、明かりを一回りしてから、僕は天井に止まった。……ここはどこだ。ぶうんぶうんとしての感覚になじめない。視界は回転する万華鏡《まんげきょう》のようで、音はぶおぶおと風のようだ。

意識が波打つ。強く、弱く、気まぐれに。時間も伸びたり、縮んだりした。

気づけば、すうすうという寝息が部屋の底にあった。天井から注意を下へ向けると、自然と足から力が抜けた。重力に引かれ、螺旋《らせん》を描きつつ、舞い落ちる。眠っている女性の姿が、瞳の中でくらくらと幾つも並んだ。

僕は彼女の顔にばさりと降りた。

足を小刻みに動かし、羽の右耳を彼女の唇に重ねた。

操られるかのように。

＊

もぞもぞと、彼女は目を覚ました。

「……もしかして」

彼女の声が、風となって僕を震わせた。音圧に負けないように、細すぎる足でしがみつく。

「あなたなの?」

あなた? 彼女は、僕を知っているのか?

「あなたも、わたしと同じようにして、ここに飛んできた?」

……飛んできた? あの、ぶうんぶうんは、まさか……。

「もしそうなら、あなたのことをよく知っている」

彼女の囁《ささや》きが、羽の耳をくすぐる。

「話しかけてたね、わたしの耳に。名前も、仕事も、好きな本も」

恥ずかしさが、こみ上げる。どんな話を聞かせたのか、思い起こすだけで、居たたまれなくなる。

「それに、舐めたよね？……わたしの耳を、何度も、何度も」

今更ながら、とんでもないことをしてしまったと、罪の意識に苛《さいな》まれる。欲望に駆られた自分の行為を呪うしかなかった。

そんな僕の心の内が手に取るようにわかるのか、ふふと彼女は笑った。

「どこまで知っているの？」

知っている？　何を……。

「わたしの幻覚、あなたの幻覚、それらが今、交差してるの」

何も知らない。答える代わりに、僕はぐっと羽を押しつけた。

「あなた、知らないのね？」

知らない。

「わたしとあなたの耳の奥には、ムシがいるのよ。耳の水を吸うムシが。……それが羽を震わすと、こうなるの」

そう言うと、彼女は僕の耳を舐め始めた。

「もうすぐ、ムシの時期が終わる」

舌の動きに合わせて、唾液が艶《なまめ》かしい音を立てる。

「だから、次の土曜日に会ってみない」

……会う？　僕と。

「十時、××駅のコーヒー店で」

朦朧《もうろう》となりながら、僕はそれを記憶した。

*

こんなにも恐ろしくも待ち遠しい土曜日は、初めてだった。

時刻通りに、僕は××駅のコーヒー店へ向かった。

空席が目立つ店内でアイスコーヒーを買い、彼女を探した。蛾の瞳に映っていたのは、ハレーションを起こした彼女の寝姿だけ。見分けられるのか、自信がなかった。

辺りを見回すと、窓際のカウンターに座っている女性に目が止まった。言葉ではうまく言えないが、なぜか気になった。

僕は一つ席を空けて、彼女の近くに座り、様子をうかがった。

誰かを待っているふうではなかった。じっと窓の外を眺め、ときおりカップに口をつけていた。

それ以上のことはわからなかった。違うのか、席を移ろうと思いかけたそのとき、女性が髪を掻き上げた。耳たぶのほくろが、ちらりと露《あら》わになった。

はっとなり、僕は声をかけてみた。

「わかりますか？　僕のこと」

「わかります」

ぎこちなく、彼女はこちらを向いた。

「こんなこと、信じられない」

僕は席を一つ詰めた。

すると彼女は顔をすっと寄せ、僕の耳に口づけた。

「あなたはしないの？」

そう囁かれ、僕も、彼女のそこにキスをした。

久しぶりの、耳だった。

僕らはコーヒー店を出て、一番近い区役所に行った。

彼女は三つ年上で、マサミという名前だった。婚姻届に書かれた文字を見て、初めて知った。人目を避けて、保証人の欄には架空の名前を書き、百円ショップで買った印鑑をついた。届けはあっけなく受理されたので、ワインのある店で僕らはランチを食べた。結婚の祝いのつもりだったが、話などしなかった。グラスを重ねたあと、銘々《めいめい》の食事を無言で咀嚼《そしやく》した。

「ぶうんぶうんって……」

マサミは唐突に呟《つぶや》いた。

「……とても、いい名前」

ナイフとフォークを皿の隅に揃えて、紙ナプキンで口元を拭く。

「あのちょっとグロテスクで、それでいて魅力的なものに、名前をつけるなんて」

名づけたつもりはない。あれはああ呼ぶしかなかっただけ。

「疲れたね」

「少しゆっくりしたい」

僕らはホテルへ行った。もう夫婦だし、何もうしろめたいところはなかったが、声を潜めて部屋を決めた。

事が一通り落ち着くと、ベッドの上から同じ天井を眺めた。

「どうして僕らは一緒にいるのだろう」

「わからない。でも……」

言い淀《よど》んだマサミの表情を、僕はうかがった。

「声が聞こえてくるの。微かな」

「……声」

「そう、声。その声が教えてくれる。……ムシがわたしたちを動かし、出会わせるの」

「ムシが……」

耳の中にいるという、あのムシのことだろう……。

「わたしたちは単なる乗り物。共生物」

「共生物？」

「人の形をしているけど、人でない。ムシのための存在。わたしたちは添え物にすぎない」

耳を澄ますと、羽音が聞こえてきた。

「ムシは蝸牛《かぎゅう》の中のリンパ液を吸って、交配の準備をする」

マサミは耳を重ねてきた。

互いの耳の間で、羽音は低く高く、性の共鳴を始めた。

＊

僕はマサミと一緒に住み、子供をもうけた。外側から見れば、何の違和感もなく……。ムシに操られている、と思うと妙な安らぎに包まれる。不思議な感覚だ。疎外され続けた僕が、世界の一部に組み入れられたよう。

「しっとりと、そして、溶け入るようになじんで、消えていくみたいだ」

胸の内を明かすと、マサミは頷《うなず》いた。赤ん坊に哺乳瓶をあてがいながら。

この子も僕らと同じように、ムシに翻弄《ほんろう》されて誰かと出会うのだろうか。ぶうんぶうんを飛ばす、共生物として……。

本に視線を戻し、文字を追おうとしてみるが、うまくいかない。

もし別のムシが僕やマサミに入れば、僕らはそれぞれまた別のパートナーを探すのだろうか？

そういえば、久しく羽音を聞いていない。

ムシは眠っているのか、それとも、どこかへ飛び去ったのか。
それはわからない。

俳句部

川島怜子

「俳句連歌の説明をします。一人目の人が五・七・五で俳句を詠《よ》みます。例えば、『柿食えば 鐘が鳴るなり 法隆寺《ほうりゅうじ》』と詠んだとします。二人目は、それをうけて、『法隆寺』から始めて、五・七・五で俳句を詠みます。そうですね、『法隆寺 岩にしみ入る 蟬《せみ》の声』……これは例ですが、こういう風に二句目を詠みます。三人目は『蟬の声』から始まる句を詠みます。こうして、四人目、五人目……と続けていきます」

「えっ、部長、それって呪われている行事だって聞きましたよ。三年前に人が死んだんですよね？」

部長は、顧問の先生と話して決めたと説明した。

「呪いなんて嘘よ。人も死んでないし、無責任な噂は流さないようにね」

離れたところにいる若菜《わかな》を見ると、心配そうな表情をしていた。若菜は幼なじみで親友だけど、今はケンカ中だ。

部長の指示に従い、みんなでイスを車座にして座った。私も従った。

「何人続けられるか実際にやってみましょう。それでは、言いだし人の私から詠みますね」

俳句歳時記《さいじき》をめくり、背筋を伸ばして部長が口を開いた。

「卒業を　控えてわびし　グラウンド」

誰もいない校庭の風景が浮かぶ。

「いい句ですね」

「僕もそう思います。もう少ししたら春になるけど、今はまだ冬という感じがします」

口々に褒《ほ》められ、部長ははにかんで笑った。

「ありがとう。……では、時計回りでいきましょうか」

指名されたのは部長の隣に座っている副部長だった。

「グラウンド　ひな菊のような　君を見て」

恋の句だろうか。

「ロマンチックですね」

他の人も褒めた。副部長も嬉しそうだ。

「それでは、次の人、詠んでください」

副部長の隣に座っている男子生徒はだるそうだ。

「あ、すみません。川柳《せんりゅう》でもいいですか。『君を見て　思いは一つ　金返せ！』」

一瞬、教室が静かになった。ややあって、一人が口を開いた。

「……どういう意味？」

「なんか、金を返さない人がいるんですよね」

若菜の隣に座っている女子生徒が立ちあがった。

「ちょっと！　それ、私に対する当てつけ!?　ジュース買うのに、小銭がなかったから借りただけでしょう？」

「それから連絡とれてないし。それにもう会わないって言ってたから。あー、小銭パクられたなーって思って」

「そんなことをここに持ちこまないでよ！」

どうやら二人は付きあっているようだ。周りの人は困った表情になっている。

彼女は相手を指さした。かなり怒っている。

「じゃあ、返句！　『金返せ？　私の時間を　返せバカ！』」

「なんだと！　さらに返句！　『返せバカ？　バカはそっちだ！　バーカバーカ！』」

「さらにさらに返句！　『バーカバーカ？　字余りすぎるわ　ふざけんな！』」

「ちょっと、もう、やめなよ！」

私は割って入った。

「ケンカするなんてよくないよ？　私もこの前、親友とケンカして、ずっと後悔してるもの。あ、みなさん、横からですが返句しますね。『ふざけんな　とか言うのはやめて　なかなおり』……二人ともなかなおりしなよ？」

部員全員が私を見ている。かなり驚いているようだ。

「ん？　なに？」

「あなた……誰？」

隣に座っている生徒にたずねられて、私は首を傾《かし》げた。私は……。私は？

「あ、あなたは、い、いつからいたんですか？」

部長の声が震えている。

「ずっといたよ。ここにずっと……あれ？　私、みんなと制服が違う……」

「三年前に制服が替わったのに……。それにこの人……向こうが透《す》けてる……」

誰かが呟いた。ひいっ！　と誰かが息を呑んだ。部室は静まり返った。

「……ねえ、若菜、どういうこと？　私、どうなってるの？」

私は若菜に向かって話しかけた。若菜は目を見開いたまま固まっている。

「ねえ、若菜。私のこと、説明してよ。幼なじみだって。同じ俳句部だって。それとも、ケンカ中だから喋りたくない？」

若菜は首を横にふった。

「私……若菜じゃありません。妹の葵《あおい》です。もしかして……瑠璃《るり》さん？」

私は頷《うなず》いた。

「葵ちゃん？　若菜の妹の？　え……大きくなってる？」

記憶がよみがえってきた。

あの日、さっきのカップルみたいに、私と若菜は返句でケンカした。そして私は泣きながら若菜に叫んだ。

「最後の返句！　『死ねばいい！　車にひかれて　死ねばいい！』……若菜なんて死んじゃえ！」

ひどいことを言われた若菜は泣きながら出ていった。私もしばらく泣いていた。他の部員がなかなおりしたほうがいいとなだめてくれた。私はそうすると返事をした。

謝りにいこうと思い、高校の門を出てすぐに、若菜の家へ向かって走った。そこに信号無視をした車が突っこんできて、私ははねられた。

「……私が交通事故に遭ったから、俳句で連歌したら呪われるって噂がたったんだね」

葵ちゃんが私の前まできた。

「姉はよく若菜さんのことを話してくれます。もし瑠璃さんと喋れたら、返句を返したいといつも言っています。私から伝えますね。『死ねばいい　なんて思ってないよね？　ごめんなさい』……姉からの伝言です」

「ありがとう……私も返句『ごめんなさい　私の台詞《せりふ》だよ　ありがとう』……」

私はふうっと息を吐いた。そして、みんなに向かって笑いかけた。

「俳句部のみなさん、ありがとう。もう思い残すことがないし、私はそろそろ……」

もう成仏《じょうぶつ》タイムだよね。

「あの、ちょっと待ってください。瑠璃さん……あなた、死んでないですよ」

言いにくそうに部長が口を開いた。

「あなたは意識不明の状態でずっと入院しています。昨日、顧問の先生があなたのお見舞いに行ったときに、俳句の連歌の話になって、あなたのご両親が、伝統行事ならぜひ復活させてほしいと頼んだそうです」

「……えっ!?」

驚いた!!

「今すぐ病院に戻られたらどうですか？　きっと意識が回復すると思いますよ」

「あ、うん、分かった……そうする」

自分は死んでいると思いこんでいたので、生霊《いきりょう》だったことに気づいて、なんだかとても恥ずかしかった。

「ええっと……では、自分で自分に返句するね。瑠璃という名前が季語で良かった……

『ありがとう　照れつつ瑠璃は　帰り路へ』」

心海探査艇ふろいと

海宝《かいほう》晃子

今でも、よく覚えている。それは蟬《せみ》が伴侶を求めて喚《わめ》き始めた、夏の一コマ。心理学の講義でのことだ。

「海の九五%は、二〇〇メートルよりも深い——深海だ。つまり我々が普段潜って泳ぐ、親しみのある部分はたったの五%。海の表面だけということになる」

教授は、黒板に書いた海の上部に「表層」、それより下の大部分に「深海」と板書する。

「深層心理も似ていてね。人間の意識のうち、自覚できる『顕在意識』は全体の一〇%。そして残りの九〇%は、自覚することがない『潜在意識』だ」

教授は「表層（顕在意識）」、「深海（潜在意識）」と書き足すと、階段教室に座る私たち学生を見渡して、言った。

「こうして考えてみると、わくわくしてこないかね？　海のような心の中に、自分すら知らない自分が待っているんだと！」

心の中にある海のような世界──「心海《しんかい》」──が、教授によって発見されたのは、この講義から約半年後のことだった。


「おはようございます！」

私は研究室のドアを開けると、持ち前の大声で元気よく挨拶をした。

「柊《ひいらぎ》、遅い」

動作確認をしていた奥村《おくむら》さんが、ぶっきらぼうに言う。

「えっ、時間通りでは？」

「ミーティングするから、早めに集合って言っただろ？」

奥から宇佐美《うさみ》さんが現れ、持っていた資料で私の頭を軽く叩いた。

「……す、すみません」

「ったく、今日の潜航について説明するぞ」

ここは「国立開発研究法人 心理研究開発機構」。最先端技術を用いて、日々「人の心に潜る」研究を行っている。

「対象は『三河加奈《みかわかな》』ちゃん、十一歳。沈睡《ちんすい》病に陥った加奈ちゃんの救出が目的だ」

この「沈睡病」に罹《かか》ると昏睡状態になり、衰弱死してしまう。長らく不治の病だったが、研究により本来「顕在意識」にある人格が、「潜在意識」に沈んでしまうことが原因だと判明した。そこで提案されたのが、心に第三者が潜り、人格を引き上げるという方法だった。

　そして、そんな夢物語に近い治療法を現実のものにしたのが、「心海探査艇ふろいと」だ。

「加奈ちゃんが昏睡状態に入ってから、もう三日だ。問題がなければ、直《ただ》ちに潜航を開始する……各自準備を！」

「はい！」

　私と奥村さんは返事をし、それぞれ持ち場へ向かう。

　隣の部屋に入るとベッドが二つあり、片方には加奈ちゃんが眠っていた。頭にはフルフェイス型のヘルメットが被《かぶ》せられ、コードで繋がるモニターには脳波をはじめとした様々な数値が表示されている。顔は青白く、息をしていなければ死んでいるように見えた。

「待っててね……必ず助けるから」

　私は加奈ちゃんの手をそっと握ると、加奈ちゃんの頭に被せられている物と同じ、フルフェイス型のヘルメットを装着し、隣のベッドに横になった。

　この装置が「心海探査艇ふろいと」であり、私を加奈ちゃんの心へ運ぶ船だ。「ふろいと」は二つで一つの船で、潜る側の人格――正確には脳が発する特殊な電気信号――を、もう一つの装置をつけている対象者の心海へ送る。そうすることで、心の中に潜ることができるのだ。

長時間の潜航は双方の心海に影響を及ぼすため、時間との勝負になる。特に対象者が沈睡病の場合は、人格が引き上げられる深さにいるうちに救出しなければならない。

『……柊、聞こえる？』

無線越しに操縦を担当する奥村さんの声が聞こえる。

「はい、聞こえます」

『……よし。なら準備はいいか？』

続いて司令を務める宇佐美さんの声も。

「いつでも大丈夫です」

そして私は深呼吸をして、目を閉じた。宇佐美さんが奥村さんへ指示を出す。

『わかった――奥村、頼む』

『《ふろいと》……着心します』

奈落に落ちるような感覚の後、地上とはどこか違う、くぐもって聞こえるようになった音たち。ゆっくりと目を開けると、一面に青の世界――心海が広がっていた。

私は無事に加奈ちゃんの心の中に入れたことを、報告する。

『了解。では、潜航を開始する！』

それを合図に「ふろいと」は、ゆっくりと潜在意識に向けて潜水し始めた。色とりどりの摩訶《まか》不思議な魚が、優雅に泳いでいるのが見える。これは本当の魚ではなく、加奈ちゃんから生まれた心の一部だ。心海魚を見る限り、彼女は心優しい人間なのだろう。

だが、加奈ちゃんは数ヶ月前から不登校で、部屋に引きこもっている。

理由もわからないなか、親は静かに見守ることにした。けれど先日、加奈ちゃんが用意した食事をとっていないことを不審に思った親が部屋に入ると、彼女は既に昏睡状態に陥っていた。そして「沈睡病」だと診断され、ここに搬送されたのだ。

どうして「沈睡病」に、加奈ちゃんは罹ってしまったのだろう？

救出するには、発病のトリガーを知る必要がある。なぜなら人格を引き上げるには、加奈ちゃんの「目覚めたい」という思いがいるからだ。

誰しも辛いことがあると、「この現実から逃げたい」と思うだろう。だが、その思いが逃げ場を失った時、人格は潜在意識に沈む。だから「起きたくない」と思っている限りは、助けることは出来ない。そんな彼らを説得して引き上げるのが、私の仕事だ。

『心度《しんど》二〇〇を通過……潜在意識に入るよ。柊』

と、奥村さんが告げる。

ここからは、光も届かない暗闇の世界だ。ライトに照らされた魚たちも顕在意識にいたものと、だいぶ形が違う。発光する魚たちは夜空に浮かぶ星のようで綺麗だが、油断はできない。自覚ができない潜在意識に存在する魚は、顕在意識のよりも密接に人格形成に関わっている。下手に刺激すれば心にどんな影響を与えるか、わからない。

しばらくすると魚とは違う、ぼんやりと発光する人形《ひとがた》を発見した。間違いない。あれは心海に潜る前に、手を握った女の子。

「宇佐美さん、いました。加奈ちゃんです」

『よし、奥村。潜航停止――これより交渉に入る』

私は緊張をほぐすために大きく息を吐き出すと、優しく加奈ちゃんに声をかけた。

「こんにちは、加奈ちゃん」

うずくまる様に顔を膝《ひざ》に埋めていた加奈ちゃんが、顔を上げて言う。

《……誰?》

「柊由香里《ゆかり》っていいます。加奈ちゃんを迎えに来ました」

《……迎えなんていらない》

「でもこのままじゃ、ずっと眠ったままだよ」

《……別に、なんだっていいじゃん》
普段なら相手が話し始めるのを待つが、今回は時間もないため、そういう訳にはいかない。
「そっか。じゃあ、私とおしゃべりしよう！」
《え？》
「だって、真っ暗で退屈でしょ？　……ここって、どこか加奈ちゃん知ってる？」
《夢の中、じゃないの？》
「半分正解かな……実はね、ここは加奈ちゃんの心の中なんだよ」
《……嘘》
「信じられないかもしれないけど、本当」
《じゃあ、柊さんはどうやって来たの？》
「この『心海探査艇ふろいと』に乗ってきたんだ」
《『しんかい』？》
「心は海に似てるの。私の先生が見つけて証明した——それが心の中にある海、『心海』」
《でも、海にしては真っ暗だよ？》
「ここはすごく深いから、光も届かない」

《へぇ〜》

「ここに来るまで、たくさんの心の魚を見たけど、綺麗だったよ。上がって見に行かない？」

《いい……きっと、私の海の魚なんて綺麗じゃない》

「どうして？」

《私は卑怯《ひきょう》で、汚い人間だから》

「……何でそう思うのか、聞いてもいい？」

《……芽衣《めい》ちゃんって友達がいたの。すごく明るくて優しくて……けど、急に他の子から虐《いじ》められるようになった》

「原因は？」

《わかんない。でも皆で無視したり、仲間はずれにして》

加奈ちゃんの嗚咽《おえつ》が聞こえる。だが涙は、心海に溶け込み消えていった。

《助けたかった……でも助けたら、私も虐められるかもしれない。それが怖くて、逃げた。芽衣ちゃんは助けを求めてたのに私は……》

上から白い粒――マリンスノウ――が降って来る。正体は心海魚の死骸であり、加奈ちゃんの強い後悔、自己嫌悪の現れだ。

《そしたら芽衣ちゃん。学校に来なくなって……自殺しちゃった》

加奈ちゃんは堰《せき》を切ったように、叫ぶ。

《でも虐めたあいつらや私には、何の罰もなくて……どうして？　どうして、芽衣ちゃんが死ななきゃいけなかったの？　死ぬべきなのは、友達を助けなかった私なのに！》

感情が悪い方へ昂《たかぶ》っている。自己嫌悪から、さらに沈んでいく加奈ちゃんを追いかけようとしたその時、「ドン！」と何かがぶつかる音と衝撃が走った。

「な、何？」

『柊！　心海魚たちに攻撃されてる！』

宇佐美さんの切迫した声。どうやら潜在意識が私を排除しようとしているようだ。

『まずい……心度六〇〇〇通過。このままじゃ、二人とも戻れなくなる』

珍しく焦ったように奥村さんが言う。この「ふろいと」が潜れるのは心度六五〇〇までだ。これ以上、加奈ちゃんが沈んでしまったら、助けることが不可能になってしまう。

「加奈ちゃん！　一人でずっと後悔して、許せなくて、苦しかったよね……でも、死んじゃダメだよ！」

《……なんで？》

「もし死んじゃったら……今度は加奈ちゃんのお母さんやお父さんが、助けられなかった自分たちを許せなくなっちゃう」
《……お母さんとお父さんが？》
「うん。加奈ちゃんの帰りをずっと待ってる」
《どうして、私に優しくしてくれるの？　こんな嫌な人間なのに》
「優しい人はね、優しい人に集まって来るんだ……だから、加奈ちゃんはいい子だよ」
《でも、私は逃げて……芽衣ちゃんを助けなかった》
「……確かにひどいことをしてしまったかもしれない。でも、まだ償うチャンスがある」
《……本当？》
「うん」
《……ねぇ、柊さん》
「なに？」
《私はどうやったら、許される？　罰を受けられるの？》
「……私は出会ったばかりだから、いい加減なことは言えない。だから生きて、皆で一緒に考えよう。加奈ちゃんは一人じゃないんだから」
その言葉に、加奈ちゃんはこちらに向けて手を伸ばす。私は決して離さないように、でも優しくその手を掴《つか》む。これでもう、大丈夫――。

しかし、突然「ふろいと」の警告音が鳴り響く。
「奥村さん！　これは？」
『さっきの攻撃で損傷を受けてる……くそ、このままじゃ浮上するのは難しい』
そんな。せっかく、加奈ちゃんが前を向くことができたのに……一体、どうすれば？
《な、何、あれ？》
加奈ちゃんが向いている海底の方を見ると、白銀に光る何かがこっちに近づいてきている。そして細長い竜のような「それ」は下から押し上げるように、泳ぐ。三メートルもありそうな巨大な心海魚の力はすさまじく、私たちはぐんぐんと浮上し始めた。
しばらくすると光が届きだし、辺りが明るくなっていく。加奈ちゃんは見えるようになった押し上げている魚を見て、目を見張った。
《――綺麗。この魚って》
「心の欠片《かけら》だよ。加奈ちゃんから生まれて、心の中に棲んでいるの」
《知らなかった。自分の心の中がこうなっているなんて》
「――『海のような心の中に、自分すら知らない自分が待っている』んだよ」
《何、それ？》
「先生の言葉。これを聞いて私は、この仕事に就きたいと思ったんだ」

《自分も知らない自分か……なんか、不思議だね》

「そうだよ。この心海には、まだまだ謎がいっぱいあるんだから」

そう話していると「ふろいと」の警告音は止まり、奥村さんからの通信が入った。

『ここまでくれば、もう大丈夫……あとは自力で浮上できる』

その言葉に、私はホッと安堵《あんど》の息を漏らす。すると白銀の心海魚は、役目を終えたとばかりに深い海の底へ戻っていった。

『何だったんだ、あれは？　リュウグウノツカイに似ているが、心海では初めて見たぞ』

宇佐美さんが不思議そうに言う。加奈ちゃんは小さくなっていく魚を見つめ、呟いた。

《……芽衣ちゃん？》

「え？」

《なんだか、そんな感じがしたの……おかしいよね》

そう言いつつ加奈ちゃんは、魚が泳いでいった深い心海の底をいつまでも見つめていた。


「おはようございます！」

私がいつものように元気よく挨拶をすると、研究室にいた奥村さんが耳をふさいで言う。

「柊、うるさい」

「おはよう、柊。加奈ちゃんから、手紙が届いてるぞ」

「本当ですか？」

私は荷物を置くと、宇佐美さんから手紙を受け取り、中身を読む。

「よかったぁ。加奈ちゃん、別の学校でまた登校し始めたそうです。前の学校でも、いじめの調査を本格的に開始したそうで……主犯格を含め、加奈ちゃんの償いもこれからですね」

「もちろん、お前はそれに付き合うんだろ？」

「当たり前ですよ。一緒に考えるって約束したんですから」

私は手紙を封に戻し、デスクの引き出しに大切にしまった。

「……これで少しでも芽衣ちゃんの魂が、報われるといいんですけど」

「それについてなんだが、俺の仮説を聞いてくれないか？」

宇佐美さんは真剣な顔で、私に向き合った。

「加奈ちゃんの心海の中で、俺たちはリュウグウノツカイに似た何かに助けられただろ？……あれは、もしかしたら本当に芽衣ちゃんだったのかもしれない」

「えぇ……まさかぁ」

「最後まで聞けって。『人は死んでも心の中で生き続ける』なんて、言葉あるだろ？　俺は慰めの常套句《じょうとうく》だと思っていたんだが……でも、もし本当だとしたら？　もし、芽衣ちゃんの想いが死後、加奈ちゃんの心に宿っていたとしたら？」

二人は小さい頃からの幼馴染《おさななじみ》だ。加奈ちゃんは自分を責めているが、芽衣ちゃんは彼女を許し、むしろ心配していたのかもしれない……まぁ、本当のことは誰にもわからないが。

「……そうだったら、嬉しいですね」

「だな……さて、今日の潜航についてのミーティングを開始するぞ！」

もっと心海の研究が進めば、宇佐美さんの仮説が本当か、わかるかもしれない。もし証明されたら、加奈ちゃんと一緒に芽衣ちゃんに会いに行こう。二人が再会したとき、加奈ちゃんは本当の意味で、心の底から自分を許せると思うのだ。

『柊……準備はいい？』

「お願いします」

私は奥村さんからの問いに答え、目をつぶる。

『——着心します』

そのために今日も私はこの「心海探査艇ふろいと」に乗って、心に潜るのだ。

猛暑

白川小六

冷房の効いたリビングで夏休みの課題をしていると、車の音がしてママとパパが買い物から帰ってきた。

「ただいまー、アイスだよー」

「おかえりー」

玄関は、大人がよくサウナみたいと言う熱気でムワッとしてる。サウナって行ったことないけど。

「ひゃあ、暑い」

車から荷物をおろすパパは汗だくだ。このところ、毎日のように「この夏一番の暑さ」を更新してるが、今日はまた格別だ。

「ボンネットで目玉焼きが作れそう。バーベキューでもするか」

「えー、汚いよ」

「熱で殺菌されるから汚くないよ」

「そうかなあ」

パパの冗談に適当につきあってから、買い物袋を受け取って、冷蔵庫にしまうのを手伝う。

「あれ、これ溶けてるよ」

お得用の十二本入りアイスバーが、袋の中で半分くらい水色の液体になっている。

「あー、保冷バッグ持ってくの忘れちゃったのよ。ドライアイスもらったんだけど、焼け石に水だったか」

冷凍庫にお弁当用のおかずを手早くしまいながらママが言う。

「もっかい凍らせればいいよ。形、変になるけど」

私は、冷凍食品の隣になるべく縦になるようにアイスの袋を入れた。


「ママ、ママ！　オムスビが……」

食料品を大体片付け終わったところに、二階から弟が駆け降りて来た。オムスビっていうのは、うちの猫だ。白くて、顔と背中に黒いブチがある。丸まって寝ると、ホカホカの真っ白いご飯に海苔《のり》を巻いた、おにぎりそっくりになる。

「オムスビが溶けちゃった！」

慌《あわ》てて二階に上がると、ベランダの床で猫がドロドロに溶けて、今にも柵の下の隙間からあふれそうになっている。

「わあ、大変！」

「急いで、こぼさないように集めて！」

ママが台所からステンレスのバットを持ってきた。私と弟はオムスビを一滴も残さずベランダから回収してバットに入れた。スライムみたいにペトペトくっついてまとまるから、そんなに難しくない。

「なんで、こんな暑い日でもベランダで寝るんだろう」

「猫の祖先のリビアヤマネコは砂漠に住んでるから、暑いの平気なんだって」

図鑑が好きな弟が教えてくれる。

「だけど、溶けてちゃダメじゃない」

冷凍庫を空《から》にして、満タンになったバットをそーっと水平に入れる。

「戻るかなあ」

「きっと大丈夫、お隣のベロちゃんも一応大丈夫だったでしょ」

ベロちゃんはお隣の斉藤さんの柴犬で、本名はベロスという。去年の春にお母さん犬のモモちゃんから生まれた時は、ぬいぐるみそっくりのムクムクの三つ子だった。ところが、生後二ヶ月になって、もう少ししたら新しい飼い主さんに譲られるという時に、斉藤さんのおじさんがうっかりして、遊ばせるために庭に出したまま、家に入れるのを忘れてしまったのだ。

おじさんが気づいた時、真夏の炎天下に数時間さらされた子犬たちは三匹が溶けて混じり合ってしまっていた。一部はもう庭の土に染み込んで回収しきれず、とにかくできるだけ集めたドロドロを冷凍庫に入れたら、体が一つ、頭が三つの子犬が復活したのだ。

「動物の生命力ってのは素晴らしいですよ」

ケーブルテレビのインタビューを受けたおじさんはそう言っていた。すっかり街の人気者になったベロちゃんは、他所《よそ》にやるのはやめて、そのまま飼うことになった。

「あれ以上の番犬って、まず居ないもんな」と、パパはよく言う。

確かに、回覧板を届けにお隣に行くと、ベロちゃんが猛烈に吠えてくる。遊んでほしくて、撫でてほしくて吠えるんだけど、三つの頭が一斉にだと迫力がありすぎてちょっと怖い。

溶けたアイスはコップに入れてストローで飲んだ。これはこれでシェイクみたいで美味《おい》しい。

冷凍庫に入れて二時間待つと、オムスビはちゃんと復活した。まあ完璧に元通りとは言えないけれど、オムスビは、オムスビ――うちの可愛い猫だ。煮干しとカリカリを食べて、水を飲んでから、またベランダに出ようとしたから、弟と一緒に猫じゃらしで気をそらせた。

「晩御飯は冷食祭りね。来週のお弁当のおかずが無くなるから、また明日買ってこなくちゃ」

一度解凍した冷凍食品は、もう一度凍らせると不味《まず》くなってしまう。ママがミニハンバーグとコロッケとエビフライを焼いたり揚げたりしている間、テレビでは連日の暑さのことばかり言っている。

「今日の日中、埼玉県の熊谷《くまがや》市で、四十五・七度と、観測史上最も高い気温を記録しました。各地の様子をお伝えします……」

画面の向こうの街はメラメラと揺れている。プールには人がぎっしりで、公園の噴水の中にも小さな子たちが浸かっている。大阪の動物園では、リンゴ入りの氷の塊《かたまり》がホッキョクグマにプレゼントされた。温暖化の影響でカナダもロシアも異常な暑さらしい。

「この分じゃ、気をつけないと人も溶けちゃうな」

冷蔵庫からビールを取り出しながら、パパが言う。

「人も溶けるの?」

弟が心配そうな顔をする。

「今のとこ聞いたことないけど、猫や犬が溶けるなら、人も溶けるだろ」

「そしたら、どうするの?」

「家の冷凍庫じゃ入らないから、スーパーか寿司屋にでも駆け込んで、業務用の大きい冷凍庫に入れてもらうしかないかなあ」

「……速報です。本日、上野動物園のパンダの飼育舎で、パンダが一頭溶けているのが見つかりました。……発見されたのは、オスのジャイアントパンダ『タイタイ』で、冷房装置の故障により、舎内の温度が急激に上昇し、溶けてしまったものと見られています。飼育員によると、午前中は元気だったタイタイが……」

テレビには普段の元気なタイタイの録画が映っている。

「パンダは大きいから、冷凍庫もすごく大きくないと無理だね」

弟がパパの背中によじ登る。

「動物園なら、ライオンとかの餌のお肉を保存する、特大のがきっとあるよ」

私は弟を安心させるように、そう言った。

「だけど……」

弟はパパの肩越しに、ソファの上にいるオムスビを指差した。

「あんな風になったら、もうパンダじゃなくなっちゃう」

オムスビは、私たちの視線など少しも気にせず、せっせと毛繕《けづくろ》いをしている。そして、灰色に変わった全身を念入りに舐め終わると、幸せそうに丸まって寝てしまった。

闇に溶ける

進見達生

わたしの家の最寄り駅には、東西出口をつなぐ連絡通路がある。バスのロータリーを中心に百貨店や繁華街がある西口に比べ、東口は飲食店も少なく、金曜日の夜や休日でさえ、ひっそりとしている。

わたしたち家族が住む住宅街は東口側のため、西口の百貨店で買い物をしたときや、会社の同僚と西口で飲んだあとなどに、この連絡通路を度々《たびたび》使用していた。高架下を通る全長五十メートルほどの細いトンネルで、幅は人がやっとすれちがえるくらい。壁はコンクリートの打ちっぱなし。アーチ状の天井に並ぶ蛍光灯の間隔が十メートル程度あるため、昼間でも薄暗い。

さらに、トンネルのほぼ中央にある蛍光灯だけ、切れていることが多かった。その傾向は特に夜間が顕著《けんちょ》で、ただでさえ薄暗い中、通路の中央付近に近づいていくときは、闇に呑み込まれていくような、ぞくぞくした恐怖感があった。

そんなこともあり、妻と小学生の娘はこのトンネルを気味悪がって、通るのを嫌がっていた。そのため、自然とこの連絡通路を使用するのは、家族の中でわたし一人になっていた。

さらに不気味なのは、その中央付近にぽつんとある小さな一脚の椅子《いす》だった。小学校の教室にありそうな、木の板を鉄パイプで固定した椅子で、コンクリートの壁際に背板《せいた》側を向けて置かれていた。

……高齢者などが休憩するために、置かれているのだろうか。

通るたびにそう思っていたが、大人向けにしては座面が狭く、高さも足りなかった。この場所にある明確な理由もわからず、不審には思っていたが、駅を管理する電鉄会社が放置したままなので、こちらもいつの間にか慣れてしまっていた。

ある夏の日の夜、駅の東口改札を出ようとしたとき、後ろから肩を叩かれた。振り返ると、会社の同期の男が、いたずらっ子のような目をして立っていた。

彼とは入社したときからウマが合い、社宅アパートでも隣同士、子供も同じ小学校、ということもあり、家族ぐるみの付き合いをしていた。同僚というより、友人というべき関係で、社内でも数少ない、気の置けない仲間といってよかった。今日は金曜日、想像通り、西口の焼鳥屋で一杯やってから帰ろう、という話になった。

彼は、学生時代にラグビーで鍛えた、筋肉質のがっしりとした身体をしていた。一方、長いまつ毛に縁どられたつぶらな瞳が可愛らしく、そのアンバランスさが彼の魅力の一つになっていた。性格も明るく、たまに悪乗りをする悪癖《あくへき》はあるにしても、裏表のない、気持ちのいい男だった。

二時間ほど飲んで、店を出た。金曜日の午後八時という時間にしては人通りが少ないと思ったら、ポツリと頬に冷たい水滴を感じた。

「ややっ、雨が降ってきたわ」彼が少しおどけた調子で叫んだ。

わたしたちは高架沿いに走り、西口から東口に抜ける連絡通路に駆け込んだ。トンネルの入り口付近から外を振り返ると、バケツをひっくり返した、との表現がピッタリな豪雨に激変していた。

「やれやれ、すぐには止《や》みそうにないね。ゆっくりと帰るか」

彼ののんびりとした声を聞いて、暗いトンネルを進む不安が少し薄らいだ気がした。彼の後ろについて、連絡通路を東口に向かって歩き始めた。

トンネルの中央付近に差しかかり、くだんの椅子がある場所まで来た。今夜は蛍光灯も消えておらず、薄暗闇とはいえ、椅子をはっきりと観察することができた。

背板や座板はところどころ白くかすれ、椅子自体がかなり古いものであることが推察された。金属製のパイプに赤い錆《さび》が見られ、長い間、あまり環境のよくない場所に放置されていたことが見て取れた。

「あれ、背板に何か字が彫ってあるぞ」彼は背板を指でこすり、顔を近づける。「トモダチがほしい、って書いてある」

わたしも彼の指さしたあたりと見てみたが、彼が言うような文言は見当たらない。そのように伝えると、彼は「まあ、暗いから見えないんだろう」と言いながら、椅子にどっかりと腰をおろし、大きく背伸びをした。

次の瞬間、トンネル中央の蛍光灯がふいに消えた。真っ暗になったわけではないが、彼の姿は黒いシルエットでしかとらえられない。そのシルエットが、両手を頭の後ろにぐにゃりとあげた妙な仕草をしたかと思うと、あわてて椅子から立ち上がるのがわかった。

蛍光灯が再び点灯したとき、彼は呆然《ぼうぜん》とした様子で立っていた。頭の上に伸ばした両手をすばやくおろし、怯《おび》えた視線を椅子に向けた。

「どうした。幽霊でも見たような顔をしているぞ」

わたしの軽口に、彼は力なく首を横に振った。

「いや、何かに身体を動かされたみたいな気がしたんだ。気のせいだよ」友人は、うつろな笑い声をあげた。

彼は、額から滴《したた》り落ちた汗を袖《そで》でぬぐい、両手でごしごしと顔をこすった。シャツの襟《えり》も汗でびっしょりと濡れていた。無言のまま東口側の出口に向けて歩き出した彼の背中を追い、わたしは通路を足早に進んだ。出口までたどり着くと、不思議なことに、あれほど激しく降っていた雨はすっかりあがり、夜空にはくっきりとした三日月が見えていた。

「すまないが」彼が低い声でささやいた。「ちょっと、悪酔いをしたみたいだから、散歩をしてから帰ることにする。お前は、先に帰ってくれ」

わたしが言葉を返す間も置かず、彼は高架沿いの駅とは反対の方角に、ふらふらとした足取りで歩き出した。それが、わたしが見た彼の最後の姿だった。

＊＊＊

翌日から、彼は会社にこなくなった。家にも帰っていないようで、彼の妻から何度も前夜のことを聞かれた。わたしは、彼と焼鳥屋に行ってから、トンネルの東側の出口で別れるまでのことを彼女に話したが、彼女も夫の行方に心当たりはまるでないようで、何の進展もなかった。

彼の妻が警察に捜索願を出したことで、わたしも警察署に呼び出され、あの夜の出来事を覚えている範囲内で説明した。その際、警察官から聞いた話が、強く印象に残った。

「あのトンネルは、いわくつきでしてね。東西連絡通路を通った人間が、この一年で二人、行方不明になっていて、あんたの同僚が三人目なんですわ」人のよさそうな初老の警察官は、声をひそめた。「去年の夏、七十八歳のお爺さんが、西口の百貨店で買い物をしたあと、連絡通路に入っていったところまでは目撃されていながら、その後の行方がわからなくなったのが一件目。四、五か月ほど前、西口のスナックで働いていた三十歳の女性が、仕事帰りに男友達と一緒に東口側の彼の家に遊びに行く途中、連絡通路を通り抜けた直後に、『店に忘れ物をした』と言って東口側からトンネルに戻り、そのまま失踪してしまったのが二件目。失踪事件は、いずれも夕方から夜にかけての、比較的遅い時間に起きているんですが、トンネルを調べても異常はなく、なんらかの事件を目撃したとの情報もない、彼らが失踪したり事件に巻き込まれたりする理由も考えられない、そんな状況で捜査は難航しているんです」

「女性が失踪した事件の方ですが」わたしは思い切って聞いてみた。「彼女は、トンネルの中央あたりにある椅子に座ったのではないでしょうか」

警察官は、じっとわたしの目を見つめた。「一緒にトンネルに入った男友達が、そう言っておりました。女性は『歩き疲れた』とその椅子に座り、煙草《たばこ》を一本、吸ったそうですわ。その直後に蛍光灯が消え、再び点灯したとき、女性はうつろな表情をしてぼんやりと立ち尽くしていたそうです」

＊＊＊

同僚の失踪から三か月後、残業で夜十時過ぎに駅についたわたしは、ぼんやりしていたのか、いつもとは逆に西口から改札を出てしまった。運悪く雨も降りだし、自宅のある東口側に行くため、わたしは例の連絡通路を通ることにした。

秋も深まり、夜は寒さすら感じられる時期でありながら、トンネルの中はじっとりと蒸し暑く、こめかみあたりから首元にかけて、汗が浮いてくるのがわかった。天井に並ぶ蛍光灯は床をぼんやりと照らし、トンネルの奥から、風が通り抜けるような、ゴオーッという低い音が聞こえてくる気がした。

連絡通路の中には、わたし以外は誰もいなかった。早く通り抜けたいとの気持ちがはやり、トンネルの奥に向けて早足で進んだ。トンネル中央付近の例の場所に到達すると、蛍光灯の明かりに照らされ、小さな椅子がぽつんと置いてあった。

ふいに足元から首筋まで冷気が這い上がり、思わずぞわっとした。次の瞬間、天井の点灯がすべて消え、真の暗闇がわたしを呑み込んだ。

わたしの喉から「わっ」と叫び声が漏れる。その声に反応したように、ちょうど真上の蛍光灯が点滅し、椅子を照らした。

誰かが椅子に座っていた。

それは、ゆっくりと顔をあげた。髪の毛は真っ白で、唇には真っ赤なルージュが引かれている。そして、まつ毛の長いつぶらな瞳で、わたしの方を見つめた。

この目は、消えてしまった同僚の……。

刹那《せつな》、壊れかけたテレビの画像のように、座っている姿が三つにブレて、また重なった。白髪の老人、真っ赤な口紅の女性、そしてどんよりと目を曇らせた同僚……。

蛍光灯が消え、再び真っ暗となった。そして、一、二秒後に天井のすべての蛍光灯が点灯したとき、椅子には誰も座っていなかった。

トンネルの中は、静まり返っていた。わたしは動くことができず、その場に立ち尽くしていた。

恐ろしい考えが、頭に浮かんだ。老人、女性、そして同僚は、このトンネルの中の闇に溶けて、一体となってしまったのではないか。老人の白い髪、女性の赤い唇、同僚のつぶらな瞳は、一つの身体となり、「トモダチ」になった……そんな想像が、わたしの胸を押しつぶしそうになった。

三人の身体は混ざり合い、怪物を生み出し、そして消えてしまった。わたしは恐怖に耐え切れず、地面に膝から崩れ落ちた。

＊＊＊

椅子の由来は結局、何もわからなかった。

ただ、昨年の春、ここの駅で、若い母親が子供を道連れに電車に飛び込み自殺をした、という話を聞いた。亡くなった少女は小学校への入学を楽しみにしていたらしい。

やがて、連絡通路の椅子は撤去され、以来、おかしなことが起こったとの話は聞いていない。しかし、同僚は消えたままで、まだもどって来ていない。

おりんと花の絵師

佐久やえ

おりんの頬が瞬間、桃の花のような薄紅色に染まった。

「花のようなあなたを描けるなら美人画を試みてもいいと思います」

振り向きざまに春国《はるくに》はそう言って、柔らかな笑みを浮かべた。

「春国さま、ご冗談ばかり」

おりんは、庭に咲き誇る花の数を数えながら、高鳴る胸を何とか抑えようと必死になった。

「おりんさんの師匠のつる女《じょ》さんから先に文《ふみ》をいただいています。わたしに、もう花の絵ばかりを描くな。人を描け。うちのおりんを描けとね」

春国の目はききょうのように涼やかだった。

「つる女さまは何てことを。わたしは春国さまから、花の色のつけ方を教わろうとまいったのですよ。そんな無体なことを。ご冗談はそのくらいにして、どうか春国さま、わたしにどうしてこの庭に咲く花のいろどりをそのままに紙の上に写せるのか、それをお教えくださいませ」

おりんは唇をとがらせて、花のつぼみの形にした。

「おりんさん、じゃ、こうしましょうか。わたしがどんな絵の具を使っているのか、すぐにでもお教えします。その代わり、おりんさんの姿絵を描かせていただくということではいかがですか」

おりんは、庭の小道を数歩後じさりして、立ち止まり、はじらいがちに首を縦に振った。

「わたし、顔料から作られたものではないとは思っていました。また、宝石を砕いた岩絵の具でもないと気づいてはいました。じゃ、いったい何からできているのか、これがさっぱりわからなかった。でも、ここにまいりまして、もしやと思ったことがございます。こうやってお庭を歩いていますと、こんなにも見事に珍しい花を咲かせておられるのにわたし、とても感服いたしました。ほら、この花の種類に、白い花びらのものは見たことがありません。もしや、本当の花から色粉《いろこ》を抜き出されるのを工夫されたのではないかと思ったのですが」

春国は苦笑いしながら、おりんの手をとった。

「今、握った手をかいでみてください」

「まぁ、とても甘い香りが」

「急いで、庵《いおり》の中へ入りましょう。中に入れば、その答があります」

春国はおりんの手を強く引いた。

「こ、これは？」

おりんの顔がのばらのように可憐に咲いた。見たこともない美しい光景が目の前に広がっていたからだ。

色とりどりの蝶《ちょう》が部屋の中を飛び交っている。その奔放《ほんぽう》な舞に心を打たれ、おりんは自然と手を挙げ身体をひねって戯《たわむ》れ始めた。

小さな椀の淵に留まった蝶は椀の中に鱗粉《りんぷん》を降り注ぐ。春国はすかさず、その中に膠《にかわ》を溶いた水を注ぎ、熱心に指で混ぜ合わせている。

「おりんさん、わたしは蝶に助けてもらっているのです。本当の花から吸い上げた色を、蝶はこの椀の中に吐き出してくれるのです」

「春国さまが描かれる花の色はこうやってつくられていたのですね」

おりんは色の洪水の中を流される一凜《いちりん》の花のように身をゆだね続けている。

「ええ。庭に白い花を見つけられたでしょう。あれは蝶が色を吸い上げた後の姿だったのです」

「そうだったのですね。春国さまは蝶を自在にあやつることがおできになるのですね。春国さまの身体から発する甘い匂いに蝶は酔いしれてこうやって舞い踊るのですね」

おりんは、大きく頷《うなず》いた。

「ええ、そうです。しかし、これまでは花の絵でしたから花から色を抜き出せば良かったのです。けれど、人を描くとなれば、それも違ってきます」

春国の人差し指と中指が立てられるのと、おりんの身体に蝶がいっせいに群がり集まったのはほぼ同時のことだった。

庭

我妻《あがつま》俊樹

ある日のこと、犬が飼い主の男を噛《か》み殺した。子犬の頃からいじめられ続け、虎のように立派に成長した今とうとう報復を果たしたのである。

妻は男の死を誰にも知らせず、亡骸《なきがら》を庭に埋めた。彼女もまた男から長年にわたり暴力を振るわれていて、愛犬の蛮勇によってその地獄から解放されたのだった。

それから妻は、愛犬とともに平和に暮らした。出奔《しゅっぽん》した夫を待つ哀れで愚鈍《ぐどん》な女を演じて、同情と蔑《さげす》みの目で見られながら静かに日々を過ごした。

ある晩彼女が帰宅すると、玄関に出迎えた犬が黒縁の眼鏡をかけていた。

それは夫の愛用していた眼鏡で、犬に噛み殺されたときにかけていたものだ。もちろん今は庭の土の下に、本人と一緒に埋まっているはずだ。驚いて妻は庭を確かめたが、地面には掘り返された跡はなかった。

わけがわからないまま妻は犬を叱りつけ、眼鏡は踏みつけて粉々にしてからビニール袋に詰めてゴミに出した。

だが数日後の晩に帰宅すると、今度は犬は首に臙脂《えんじ》色のネクタイを巻きつけていた。それは夫の愛用のネクタイで、やはり死んだとき彼が身に着けていたものだ。しかも犬は、踏みつけて捨てたはずの眼鏡もかけている。妻は大声を上げて愛犬をなじり、奪った眼鏡をふたたび踏み潰したのち、ネクタイを鋏《はさみ》で切り刻んでともにビニール袋に詰めてゴミに出した。

ところが数日後の晩に帰宅すると、信じがたいことに犬の前脚には夫の愛用したクロノグラフの腕時計が巻かれていたのである。

土中にあるはずの腕時計。粉々になったはずの眼鏡。切り刻んだはずのネクタイ。それらをすべて身につけた愛犬はどこか得意げに身をそらしているように見えた。妻はしばし呆然《ぼうぜん》としてその毛並みを指に確かめながら視線を台所に向けた。そして包丁を手にもどってくると、無防備に差し出された犬の喉《のど》に妻はおもむろにその刃を突き立てた。

痙攣《けいれん》が止まって動かなくなった愛犬は長椅子のように場所を取った。狭い庭にはもう死体を埋める余裕がなかったので、夜中に苦労して近くの橋の上まで運んだ彼女はそこから川へ愛犬を蹴り落としたのだ。

そのとき疲れと眠気のために夢うつつだった彼女は、死体から眼鏡とネクタイと腕時計を外すことを忘れてしまったのだろう。

翌日家に目つきの悪い男がやってきて、自分は刑事だと名乗った。すぐそこの川原でこんなものが見つかったんです、心当たりはありませんか？　そう云って男は眼鏡とネクタイと腕時計を並べて見せた。妻はそれらを行方不明の夫の物だと断言しなかったけれど、はっきり否定することもなかった。曖昧《あいまい》に答える唇が震えてしまったのを刑事は見逃さなかったに違いない。

このままではきっと近いうちに庭を調べられてしまう。

そう恐れた妻は町が寝静まってから庭の地面を掘り返した。死体はもう骨になっているはずだから、きっと別の場所へ移すのも容易《たやす》いことだろう。新聞紙に包んで鞄に隠し、自分でも二度と行けないような山奥へ入って埋めてくればいい。そう思って穴の底を懐中電灯で照らすと、案の定土をかぶった白い骨が見える。だが形がおかしかった。それはどう見ても動物の頭蓋骨《ずがいこつ》だったし、次々現れる他の骨もみな彼女が知っている人間の骨の形ではまるでなかった。これは犬の骨だ。

どういうことなの？　ねえこれはどういう意味なの？　思わず妻は死んだ夫の名前を口に出していた。その呼びかけに答えるように彼女の肩に誰かの手が置かれた。はっとして振り返ると、いつのまにか昇っていた朝陽を背後から浴びて刑事が笑っていた。

奥さん、ご主人のことで少し話をお聞かせ願えませんか？　そう目つきの悪い男が言い終える前に妻は手にしていたシャベルを無言で彼の額に振り下ろした。うつ伏せに倒れ込んでうめく男の後頭部に渾身《こんしん》の力でもう一撃、さらに一撃を加え、何度もシャベルを叩きつけながら彼女は、頭の中の霧が晴れていくように、自分のしていることの取り返しのつかなさをはっきりと自覚していった。

可哀想に、また罪のない犬を殺してしまった。これでいったい何匹目だろう？

彼女はそう大きくため息をついて、地べたに貼りつくように動かなくなったものから黒縁の眼鏡と、臙脂色のネクタイと、クロノグラフの腕時計を外すと、それらをすべてビニール袋に詰めて口を結んだ。

今日は金曜日、不燃ゴミの収集日である。

ふねの湯

雲染ゆう

車中泊をし、無理な行程の一人旅によってすっかり疲れ切った体を癒《いや》そうと、俺は、小さな町で偶然見つけた銭湯に入ることにした。

どこで鳴いているのか、蟬《せみ》が一匹、終わりかけた夏を、必死に呼び留めている。

「ふねの湯」

木製の看板の文字を読み上げると俺は、建物の外観を見渡した。石造りを基調とした、全体的に灰色の建物である。細い通りの中にあり、左隣の商店は既に廃業しているようであった。

引き戸を開けると左右に靴箱があり、正面には青いスリッパがいくつも重ねられている。靴を脱いでスリッパをはいて奥へと進むと、そこには券売機が置かれてあり、券売機の前で学生服の男が一人、少し悩んでから発券し、お釣りを受け取っていた。

券売機の文字を読むと、俺は眉間《みけん》に皺《しわ》を寄せた。なるほど、これは悩んでしまうのも無理はない。券売機には、よくわからない言葉ばかりが並んでいたからである。太平洋、大西洋。インド洋、琵琶湖《びわこ》、信濃川《しなのがわ》。ドナウ川に、バイカル湖。いや、言葉の意味くらいは知っている。だが、銭湯と結びつかなかった。しばらく悩んで俺はようやく、ここが個室の風呂屋なのではないかと思い至った。そして、きっと、個室の名前が、水に関係する地名になっているのだ。しかし、先ほどの学生が買ったカリブ海の個室は、売り切れにはなっていない。どういうことだろうか。

それにしても、どれが、大浴場の券だろうか。

考えていると、次のお客さんが俺の後ろに並び、俺は慌《あわ》ててお金を入れて、一番広そうな太平洋のボタンを押した。

後から来たのは俺よりも一回りくらい年上に見える男で、当然の選択であるとでもいうような顔をして、何かボタンを押していた。さらに靴箱の方では、何人組かの女性客たちが、きゃあきゃあ騒いでいる。俺はなんだか恥ずかしくなって、券を持った震える右手を、受付の女の人に差し出した。

「いらっしゃいませ。ありがとうございます」

女の人は、券に判子《はんこ》を押しながらそれだけを言うと、俺に券を手渡した。記念に持って帰ることが出来るということなのだろうか。券には、「ふねの湯」の小さな文字と、「太平洋」の大きな文字、発券した時刻の細かな数字が印字されていて、その上から、先ほどの女の人の押した「受付済」の赤文字が少し消えかかっている。

太平洋はどの辺りだろうか。俺が迷っていると、「男性の脱衣場は右手側ですよ」と言われ、俺は慌てて、「男」と書かれた暖簾《のれん》をくぐった。

まだ昼間だったからか、脱衣場には、先ほどの学生と、風呂上がりだと思われる二人組以外には人が居なかった。

俺は、服を脱いで、兄夫婦から貰った上等の白いタオル一枚を手に持つと、早速《さっそく》浴場の扉を開けた。

だが、そこには、シャワーがいくつかと、掛け湯、上がり湯用の湯があるだけで、狭く、浴槽が一つも見当たらない。

ふざけている。俺は、風呂に入りに来たのだ。帰ろうか。

そうだ。文句の一つも言って、お金も返してもらおう。

決心したその時である。

先ほどの学生が腰にタオルを巻き、なぜか手に、あの券を持って、シャワーの並ぶ狭い浴場を歩いて、一番奥にある「入口」と書かれた引き戸を開けて、入ってすぐ左に立っている人にお辞儀をした。

俺が来ると思ったのか、こちらをちらりと見て、来ないことを確認すると、戸を閉めた。

何だ。そうか。あの戸の向こうに、浴槽があるのか。それにしても、あの学生はどうして、あの券を持って行ったのだろうか。

そうか。あの係員に券を見せて、自分の入る風呂場へ案内してもらうのに違いない。脱衣場へ置いてきてしまった。取りに行かねば。

券を取りに脱衣場へ行くと、俺の後に来た、一回り程年上に見える男が、「お先に頂きます」と、丁寧に挨拶をして、あの券を持って、浴場へと入っていった。やはり、これはもう間違いがない。

券をしっかりと手に持つと、俺は券を濡らさないように掛け湯をしてから、腰に上等のタオルを巻き、学生の入っていった戸を開けた。

その瞬間、俺は目を疑った。

目の前には、一般の家庭にでもありそうな、大人二人でも入れるような大きさの、四角い、空色の湯舟が一つ、浮かんでいた。

湯舟には、たっぷりと湯が張られ、湯気が立ちのぼっている。

そして、不思議なことに湯舟は、さらに大きな湯舟の中に、浮かんでいるのである。

おかしい。こんな、重量のありそうな物が、浮かんでいられるわけはないのだ。

「切符を頂きます」

入ってすぐ左に居る、名札を付けた係員の男が、俺が驚いているのを気にすることなく、にこやかに声を掛けてきた。

我に返って男に券を手渡すと、男は腰に付けた箱の中に、その券を入れてしまった。

「太平洋ですね。初めてですか」

男に聞かれて、俺は何を思ったのか「いいえ」と答えてしまった。

「いいえ。いつ見ても、不思議な光景だなと驚いてしまって」

言い訳もした。驚いてしまったことが、なんだか恥ずかしく思えてしまったのである。

「そうですか。では、お入りください」

男に言われて、俺は今一度、目の前の光景を確認してみた。

右手を見ると、順番を待つ湯舟が何艘《そう》も並んでいた。

左手を見ると、暖簾があり、水路が、その暖簾の向こうへと続いている。

そして正面には、俺が入るのを待っている青い湯舟が、のんびりと揺れているのである。

躊躇《ためら》っていると、次の人が戸を開ける音が背後で聞こえて、俺は肚《はら》を括《くく》って湯舟に入った。

すると係の男が、壁にある、数字の書かれたボタンを押してから、俺の入った湯舟に手を置いた。

「では、太平洋へ、出航いたします」

係の男はそう言うと、力いっぱい、俺の入った湯舟を押した。遊園地の乗り物にでも乗った気分だ。

小さなエンジンの音が聞こえ、湯舟が進み始める。

恐ろしさと、楽しさと、お湯の気持ちよさを感じながら、俺は、湯船の縁にしっかり摑《つか》まって、湯舟の中で正座をしていた。

暖簾をくぐると、辺りは真っ暗になった。幾度か、湯舟が方向転換するのを感じる。このまま自動で、「太平洋」の浴場まで、俺を運んでくれるのだろうか。しばらくすると、先程よりも少し重たい暖簾の感触があり、急に目の前が明るくなった。

目の前には、青い空と、海が、広がっていた。

俺は、思わず自分の目を疑った。何度かこすってみる。しかし、何も変わらない。

俺の湯舟は、その海の中を漂っていた。俺が呆気に取られていると、小さなエンジンの音が聞こえ、少し走っては音が消え、しばらく波に任せるという動きを始めた。

これは、どういうことになっているのだろうか。銭湯の中に巨大な施設があって、その中に、映像でも映しているのだろうか。否《いや》、それにしては、空も、流れる雲も、海も、海の匂いも、あまりに本物である。信じられない光景に、俺は、海と思われる水に手を浸して、舐めてみた。潮の味がする。やはり、ここは海なのだ。

どれくらいか、俺はぼんやりと、空を眺めていた。正座をやめて、足を伸ばす。なかなかに、気持ちがいい。なんとも言えない、開放感である。

ふと、後ろを見てみた。遠くに、陸地が見えた。山が、町並みが、ぼんやりと見えている。気持ちがいい。そして、気持ちが悪い。俺は、波に酔い始めたのだ。船酔いである。吐き気がする。吐いてしまおうか。けれども、ここがもし、大きな施設内だとすれば、俺は、銭湯に多大なるご迷惑をお掛けしてしまう。

「あれ、あなたも太平洋だったんですか。さすがに今日は、波が荒いようですね」

悩んでいると、男の声がして、俺は左へ振り向いた。見ると、「お先に」と言ってくれた男が、薄桃色の湯舟に乗って、素敵な笑顔でこちらを見ていた。自分のことを棚に上げてしまうのだが、海の上で、男が、浮かんだ湯舟に浸かっているのは、実におかしな光景である。

「あの、ここは、大きな施設ですね」

「いいえ、いいえ、ここは、本当の太平洋ですよ」

俺の問いに、男は驚いたように声を大きくした。そんなはずがない。大がかりな仕掛けがあるに決まっている。

「でも、この銭湯、海からは離れていますよね」

あんな、何度か暗闇の角を曲がっただけで、太平洋に来られるはずはない。

「ええ。でも、ここは本当に太平洋なのです。僕は、もう何度も来ていますから。ふねの湯は、少し不思議な、素晴らしい銭湯ですよ。それにしても、あなた、ひょっとすると、初めてなんですね」

「はい」

「初めてで、こんなに波の荒い日の太平洋をお選びになるとは。僕は、これくらいが好きですが、ほら、ごらんなさい。今日は台風が近づいています。早く上がりましょう」

男が指をさしたので、俺は右を向いた。すると、黒い雲が近づいて来ていて、波はいよいよ激しくなってきた。

「では、僕はお先に上がらせてもらいます」

男が言うと、男の乗っていた湯舟の前に、景色をそのまま写し取ったような絵の暖簾が現れて、やがて、男はその暖簾の向こうへ消えてしまった。じっと見ていると、暖簾の絵はぼやけて、本当の景色に変わってしまった。

全く、この銭湯は、どうなっているのだろうか。

否、そんなことより、すぐそこに台風が迫ってきているのだ。男の言った通り、早くどうにかしなければ。それにしても、上がり方を知らない。知っている振りなど、するものではないな。湯も、なんだか冷めてきた。波も、先ほどよりも、高く、うねっている。

あたりが暗くなってきた。黒雲が、俺の頭の上まで覆い始めたのだ。

どこかに、上りのボタンでも付いているだろうか。湯舟の縁も、外側も探したが、そんなものは無かった。本当に、知った振りなどせずに、きちんと説明を聞くべきだったのだ。

雨が降ってきた。ぽっつ、ぽつぽつ、ぱらぱら、ばらばら、ざあざあ、だだだだだ。

風も出てきた。ふうふう、ひゅうひゅう、びゅううう、びゅんびゅん、ごおうごう。

雨の水が勢いよく、俺の頭と湯舟を叩いた。

頼む、これ以上、俺の頭皮をいじめないでくれ。

そんなことを思っていると、湯舟が激しく揺れて、海水が中へ入ってきた。

いつの間にか、湯舟は満水になりそうになっていた。中は既に、水である。冷たい。まずい。このままでは沈んでしまう。湯舟で海難事故など、聞いたことがない。

俺は、両手で、風呂の中の水を捨て始めた。しかし、海水は、雨粒は、容赦《ようしゃ》なく湯舟の中へ攻め込んでくる。腰に巻いていたタオルは外れ、俺が掴む間もなく、大海原へと旅立っていった。困ったな。あれは、俺の持っている中で、一番上等なタオルなのだ。

早くどうにかしなくては。早く、どうにかして、タオルを掴まえなければ。否、早く、どうにかして、水を抜かなければ。

そうだ。栓を抜こう。戦いの中で、俺は、その考えに至ったのである。

湯舟に付いていたチェーンを引っ張ると、黒いゴムの栓が、俺の足元で抜けるのが見えた。

抜いた瞬間に、俺は後悔を始めた。そうだ。冷静になるのだ。排水管など、海の中にあるわけがない。それに、栓の先が海の中なら、海水が入ってきて、湯舟は直《す》ぐに沈没してしまう。ああ、なんということをしてしまったのだろうか。俺は、もうおしまいなのだ。

水没を始めた湯舟に浸かったまま、俺は手を合わせ、叫んだ。

「も、もう、上がらせてください！」

すると、次の瞬間、目の前の景色が急に絵になったかと思うと、暖簾のように、ばらばらになって、俺と湯舟を迎え入れた。

暖簾をくぐった途端、静かに、穏やかに、真っ暗になった。俺は、どうやら、生きて帰ることが出来るらしい。行きと同じような闇の中で何度か角を曲がっているうちに、湯舟の水は、半分ほどが抜けてしまった。

「お帰りなさい」

明かりとともに、出航の時とは違った、係の男の声がして、俺は思わず「ただいま」と返した。直ぐに、「ありがとうございました」と言い直す。なんだか、全てが嘘だったような気がしてきた。だが、俺の上等のタオルはなくなっている。

男は、太平洋で会った男の乗っていた湯舟を洗っていた。

俺は湯舟から出ると、そのまま戸を開けて、外へと出た。外は、来た時に見たシャワーのある浴場であった。俺はそこで、雨水と海水に浸かり、すっかり冷え切った体と髪を丁寧に洗ってから、脱衣場へと出た。

着替えて、休憩室へ行くと、太平洋で会った男が珈琲《コーヒー》牛乳を飲んで、くつろいでいた。学生も、少し日に焼けた、さっぱりしたような顔でかき氷を頬張っている。カリブ海は、良く晴れていたのだろう。俺も負けじ魂で、売店でソフトクリームを買って、太平洋で会った男の近くの座布団に腰を下ろした。

「先程はどうも。太平洋、いいお湯でしたね。やはり、台風の前というのは、良く揺れて、気持ちがいいですよ。あなたは、いかがでしたか」

太平洋で会った男が、素敵な笑顔で話しかけてきた。

「ええ、良いお湯でした」

ようやくそう言って、ソフトクリームを口に入れると、虫歯に、冷えた体中に、その冷たさがしみた。

休憩室に流れるテレビの、「台風上陸」のニュースを聞きながら、天井を仰ぎ、俺は涙をのみ込んだ。

万抜《ばん》き

吉澤亮馬

夜にふっと夏が香りだすと、あのお祭りを思い出す。

僕が小学生になった年だった。夏休みの真ん中、母さんと二人で故郷に帰省した。地方都市のやや外れ、不便さはないが活気もない。自然に囲まれているわけでもなく、国道の道路沿いだけが栄えている。そんな町だった。

僕と母さんが家に着くと、すぐに爺《じい》ちゃんは言った。

「近所の神社で祭りがある。気晴らしついでに行ってくるといい」

お祭り――その言葉を聞いて、僕は母さんに行こうとねだった。でも母さんはひどく疲れた顔のまま、微《かす》かにほほ笑んだ。

「ごめんね、私は少し休んでるよ。一人でも行けるかな?」

僕はすぐにうなずいた。少しの不安はあったけれど、お祭りに行けるということで気分は上がりっぱなしだった。母さんと爺ちゃんからお小遣いをもらうと、浴衣《ゆかた》に着替えて神社へと向かった。

近所にあった神社は提灯《ちょうちん》の灯りで彩《いろど》られていた。太鼓や笛の音色《ねいろ》、浴衣姿の人々と喧《けん》騒《そう》、屋台から流れてくる香り――夕方と夜の狭間《はざま》は、非日常感に満ちていた。

さあ何をしよう、とわくわくしながら眺めていると、気になる屋台を見つけた。

屋台は参道の脇に連なって並んでいたのだが、その屋台だけ離れたところにぽつんと孤立していた。その周辺だけ人気《ひとけ》が無く、空間が開けていた。

それはいわゆる型抜き屋だった。板上の菓子に彫られた絵柄を削ると景品がもらえるという出店《でみせ》なのだが、ばんぬき、という文字がかかげられていた。

「どうだい、やってみるかい」

屋台の中にいるおじさんはそう言った。

「ルールは簡単。この型が抜けると、豪華な景品がもらえるんだよ」

「何がもらえるの？」

「君が望み願うものなら、なんでもさ。ただし、まがいものだがね」

おじさんはピンク色の型抜きをさし出した。

「さあ、何を抜く？」

欲しいもの。そう言われた瞬間、疲れきった母さんの顔が思い浮かんだ。

「――おとうさん」

「こりゃまた難儀だね。まあ、挑戦してみるといい」

五百円を支払い型抜きを受け取った。すると型抜きにぼんやりと人のシルエットが浮かび上がる。僕は近くにあった椅子《いす》に座り、つまようじで削り始めた。

父さんは一年前に他界していた。病院への入退院を繰り返して、少しずつ弱っていく様子を僕も間近で見続けた。

父さんがいなくなってから、母さんはなかなか悲しみから抜け出せずにいた。ふと僕が夜に目を覚ますとすすり泣く声が聞こえてくることもあった。

お母さんに笑っていてほしいから、またお父さんがいればいいのに。そんな願いを無意識のうちに抱いていたのだろう。僕は一心不乱に型抜きと向き合った。

十数分後、僕は型抜きを成功させていた。手元にある人の形を店主のおじさんに見せると、手を叩いて笑った。

「はっはっ、お見事。キレイに削れたもんだ」

「おとうさんをちょうだい」

「ちょうだいもなにも、家にお父さんはいるはずさ」

僕は騙《だま》されたなどと思うことなく、一目散に爺ちゃんの家に戻った。居間の襖《ふすま》を開けると、爺ちゃんと母さんと――見知らぬ大人の男がいた。

「おかえり。もう帰ってきたのか」

この人は誰だろう。やけに馴《な》れ馴れしく話しかけてくる男が怖くて、母さんにしがみついた。が、その時だった。母さんの顔が打って変わって生き生きとしていることに気がついた。

「どうしたの？　一人で行ってみたいんじゃなかったの？」

「ううん、そうじゃなくて……」

「それじゃあ、私とお父さんとお爺ちゃんと、みんなで行こっか」

僕は驚いた。父さんは細身で声が高い人で、目の前にいる大柄で低い声の人ではなかったのだ。顔つきだって全然違う。けれど母さんも爺ちゃんも、その人を父さんだと言うのだ。何が起きたのか分からなかったが、誰にも相談できずにいた。

次の日、僕と母さんと知らない男は爺ちゃんの家からマンションへ戻った。するとあからさまに部屋の様子が変わっていた。窓際で枯れていた植木の花が瑞々《みずみず》しく、物で散らかったリビングはすっきりしている。息が詰まりそうな重苦しい空気も消えていた。

「なんだかんだ、やっぱり我が家が一番だなあ」

そう言って男がソファーに座ったその時、はっと気づいた。

すでに僕は目の前の男を他人として見ていなかったのだ。自分を見守ってくる信頼できる存在――警戒しないでいられる唯一の大人――でも、違う。僕の父さんはあの人ではないと、何度も自分に言い聞かせた。

しかし日が経つにつれて、男がどんどん父さんに思えてくる。次第に意識をしないと父さんとしか思えなくなるほど馴染《なじ》みはじめ、季節が変わるころにはほぼ疑わなくなっていた。あの人は父さんじゃないと思っていた頃、本当の父さんの写真や私物を家中探したが、痕跡は一つとして見つけられなかった。

ただ、それは悪いことばかりでもなかった。大雑把《おおざっぱ》で豪快だが人一倍優しく、家族との時間を常に持とうとしてくれた。休みの日はよく遊んでくれていたし、母さんも前より笑う回数が増えているとも思った。

正直なところ、本当の父さんはそれほど家庭を顧《かえり》みようとしない人だった。だから僕は考えなくなった。あの男が父親でもいいと、いつの間にか違和感は消えていた。

ただ夏が近づく度に、ふっと思い出した。あの男は本当の父さんではなく、僕がお祭りで抜いた存在であると――その記憶もすぐに薄れるのだが。

数年後の夏、僕たち家族は爺ちゃんの家に帰省した。この年も祭りをやっていた。

しかし家に着くなり母さんが体調を崩して寝こんでしまった。父さんは心配そうな表情をしながら看病をしていた。

「今年は祭りに行くのか？」

爺ちゃんにそう問われた。お祭りは楽しいので行きたい。でもあの屋台のことが頭にあり、少し不気味《ぶきみ》さの方が勝《まさ》っていた。

「母ちゃんのことは気にするな。ただの夏風邪だろうし、あいつも面倒見とる」

「行きたいんだけど……ちょっと怖い」

「怖いんか。それなら一緒に行ってやろう」

僕は爺ちゃんと二人で神社へ向かった。人の活気と浮かれた雰囲気、夜を照らす淡い山吹色《やまぶきいろ》の灯り。境内《けいだい》に足を踏み入れると、一気に世界が変わったように思えた。

ふと爺ちゃんを呼ぶ声が聞こえた。振り返れば見知らぬお爺さんが話しかけており、爺ちゃんも立ち止まった。すると爺ちゃんが話の合間に耳打ちした。

「こいつ、話が長いんだ。先に一人で見て回ってなさい」

僕はうなずいて屋台を見回した。何を食べようかな——目に留まった屋台があった。ばんぬき。参道から外れたその屋台は、相変わらず人気が無かった。そして父さんを削ったことを思い出し、汗が流れた。

僕はあの屋台に向かって歩いていった。

「どうだい、やっていくかい」

「ねえ、この型抜きは何なの？ どうして僕に父さんができたの？」

「ん？ 君は……ああ、少し前に父親を抜いた子か。大きくなったな」

「僕のお父さんはあんな人じゃなかった。なのに僕以外の人はみんなそれが当然っていう顔をする。絶対におかしい」

店主は自分の顎《あご》を指でつまむと笑った。

「そりゃそうだろう。君は運命そのものを削り出したんだ」

「運命？」

「万《ばん》抜きに成功した時点で世界が変わる。本来は存在しなかったものが存在している世界に歪《ゆが》むんだね。万抜きした本人以外、その変化には気づくこともできない。だって、それが存在して当然の世界なんだから」

「どうして本当の父さんが抜けなかったの？」

「君の心の奥深くで望んでいたものが形となっただけさ。君が欲していたのは本当のお父さんだったのかな、それとも別の何かなのかな」

「なら、あの人は何なの？」

「人じゃないよ、まがいものさ。人の形をしているがそう認識しているだけ。あくまで代《だい》替品《たいひん》、生物ではないから命を繋ぐこともできない。でもね、気にしなくていいんだよ。万抜きによってこの世界に存在し始めた人間は少なくないんだから」

店主の言うことが少しも理解できず、言葉が右から左に流れていった。

僕が困惑していると、店主のおじさんがぱんと手を叩いた。

「抜けたらなんでも手に入れられる。さあ、今日は何が欲しい？」

なんでも。その言葉がどれほどの魔力を持っているのか、この頃の僕でも分かっていた。

「……人を抜いても危なくないの？」

「大丈夫、人の理《ことわり》はある」

「それなら……弟、ほしいかも」

「そうこなくちゃね。ほらがんばりな」

受け取った型抜きには父さんの時と同じように人型が浮かび始めた。

削り始めたものの、すぐに簡単だなと思った。僕が成長したからなのか、それとも難易度が低かったからなのかは分からない。でも前ほど必死さはなかったはずなのに、あっという間に型抜きを終えてしまった。

それをおじさんに見せると目を丸くしていた。

「も、もう？　しかも二回連続って、そんなに簡単じゃないんだけどなあ」

「前より簡単だったよ」

「ふーん……なるほど」

「これで弟ができるんだよね？」

店主はそれきり黙ってしまった。もしかして今度こそ騙《だま》されたのではないか、と疑いを持つくらいには成長していた。

「ねえ、やっぱり僕を騙して――」

「おにいちゃーん」

ぱたぱたと背後から足音が聞こえてから、下半身に弱い衝撃があった。僕の腰に知らない五歳くらいの子供が抱きついていた。誰だろう、と思っていると爺ちゃんがやってきた。

「修二《しゅうじ》、お前はお兄ちゃんが好きなんだなあ」

「うん！　ねえ、兄ちゃん、あっちで金魚すくいしようよ！」

その子は僕の手を引いた。しっとり汗ばんだ手はなんだか気持ち悪く、振りほどきたくてたまらなかった。

この後は父さんの時と同じだった。

じわじわと知らない子が弟に見えてくる。あるべきところにピースがはまるように、違和感はかけらもなく、僕には弟がいたという認識を持つようになった。四人で囲む食卓は明るく、温かくて居心地のいい空間がそこにあった。

父さんも弟はまがいものだと。お祭りの夜に万抜きで抜いたのだと。そんな気味の悪い事実は記憶の奥底、深く暗い所へ沈みこんだ。

それから十年後である。

大学生になった僕は地元を離れて、最初の夏を迎えた。ある夜、部屋の窓を開けたその瞬間である。

夏の夜の香りがした。

そうだ——父さんと弟は万抜きで得たものだった。どうしてこんなに大事なことを忘れてしまっていたのだろう。

あの屋台は、まだ存在しているのだろうか。あの無邪気だった頃と違って、今では欲しいものは山のようにある。僕は爺ちゃんに連絡して、夏休み中に帰省したいと伝えた。家族にも声をかけたものの、予定が合わなかったので僕一人で向かうことになった。

夏休みの真ん中ごろ、僕は爺ちゃんの家に帰省した。出迎えてくれた爺ちゃんは顔のしわが前より複雑になっているように見えた。

「ただいま、爺ちゃん」

「大きくなったなあ。いつぶりだ？」

「僕は六年ぶりじゃない？」

「すっかり大人になったな」

昼過ぎに到着したので爺ちゃんが昼ご飯に素麵《そうめん》をゆでてくれた。きりっと冷えた素麵を食べていると、爺ちゃんがたずねた。

「久しぶりに来たがどうしたんだ？」

「んー……ねえ爺ちゃん。神社の祭りって今年もあるの？」

「もちろんだ。まさか祭りが目当てか？」

「そんなところ」

「まったく、おかしなことを言う」

爺ちゃんはくぐもった笑い声をあげた。きっと僕の言ったことが冗談に聞こえたのだろう。まあ無理もない。

夕日が沈んでから神社へと向かう。ひぐらしが淡々と鳴いていて、まだ昼間の熱気が風に残っている。

神社はなんだか寂《さび》れており、小さい頃よりも狭く感じる。僕の記憶が確かなら、前よりお祭りに来ている人も少ないような気がした。それでもお祭りの空気に触れると気分が上がって楽しくなってくる。

記憶を頼りに万抜き屋を探す。しかし神社の敷地内にそんな屋台は見当たらなかった。参道に並んでいるのは普通の屋台のみである。

がっかりしながら僕は爺ちゃんの家に戻った。

「どうした？　さっき出たばかりだろうに」

「うん、もういいかなって」

僕が畳にごろんと寝転んでいると、爺ちゃんがビールを持ってきてくれた。冷えた缶に触れると体の火照《ほて》りが取れた気がした。

「爺ちゃんはお祭りに行かないの？」

「ああ。婆さんが生きていた頃には一緒に行っていたんだが、どうにも今はな。お前を連れて行ったのが最後だよ」

「それじゃあさ、万抜き屋って昔からあった？」

「万抜き屋……ああ、あった。わしが若い頃からずっとだ」

「なんか今年はいなかったんだよね。残念だなあ」

すると、爺ちゃんが真顔で僕を見つめてきた。

「なに？」

「お前、婆さんと同じことを気にするんだな」

「婆ちゃんと？」

「わしらが結婚して五年くらいだったか。その頃の婆さんは万抜きにご執心でな、祭りが始まってから終わるまで、ずっと屋台の前で削っていたんだ」

婆ちゃんも万抜き屋のことを知っていたのか――。

「もしかしてさ、その時期になにか変わったことはなかった？」

「……ああ、あったよ」

爺さんがビールを呷《あお》る。

「わしらの間になかなか子供ができなくてな。病院で検査をしてもらったんだが、婆さんは子供ができにくい体質だったんだ。それを知ってからの婆さんはだいぶ落ちこんでいたよ。言われてみれば、ちょうどその頃と被《かぶ》るな」

「へえ」

「けれど数年後に子供を、つまりお前の母親を授かったんだ。お医者様も奇跡的だと驚いていたなあ」

「……え？」

「そういえば婆さん、逝《い》く前に変なことを言っていたなあ。私たちの宝物を抜いてしまってごめんなさい、って。今でもあれが何を意味しているのかよく分からん」

ぼんやりと外を眺める爺さんの目線は遠い。

婆ちゃんも万抜き屋を使って、家族を削り出していたのだ。僕と違うのはどの時点での家族を求めたかである。僕はすでに家庭内にある『家族』を求めた。一方で婆ちゃんは自分の手で育てたいから『赤ん坊』を欲したに違いない。

めまいがした。

母さんも父さんも弟も、万抜きによって生まれたまがいもの。人ではないなにか。そしてそんな家族の中にいる、僕。

僕は、何なのだろう。

僕は、どこからやってきたのだろう。

僕は――。

網戸越しに夜風が流れてくる。夏の夜の匂いがする。この匂いを嗅《か》いで、あのお祭りを思い出すのは当たり前だったのかもしれない。

巣箱のプテラノドン

江坂　遊

夏休みは田舎のおじいちゃん家《ち》に預けられることになった。

もちろん、僕がそうのぞんだことなので、とてもうれしい。

夏休みの宿題の自由研究も、暇をもてあましているおじいちゃんとおばあちゃんに助けてもらえそうだから、それもとても都合がいいと思った。

着いた途端すぐ、自由研究のことをおじいちゃんに相談すると、庭に大きなカシノキがあるので、そこに巣箱を取り付けて鳥の観察をしたらどうかと言う。僕もいい考えだと思った。都会じゃ絶対できないことだし、僕は高い所が大好きだ。

巣箱はおじいちゃんが手作りでこしらえてくれるのかなと思ったけれど、町にできたペットショップに買いに行こうという話になった。おばあちゃんが後でこっそり教えてくれたが、おじいちゃんは大工仕事がそんなに得意ではないらしい。

三十分ほどバスに乗って町に出た。駅の商店街の端っこにお目当ての開店したてのペットショップがあった。

「トリ箱ですね。入荷したてのいいのがあります。これがうちではお薦《すす》めです。人間が住めるくらいの大きさですが、軽量素材でできているので、木に優しい」

ずっこけた。

「小鳥の巣箱でいいんだけど」

僕がそう言うと、店員は大きな手のひらを顔の前で立てて、左右に振った。

「いや、だんぜんトリ箱は大きなのがいい。でっかい鳥を観察しなさい。男なら」

おじいちゃんは店員に言いくるめられ、家具みたいに組み立て式になっているトイレくらいの大きさの軽量巣箱を購入してしまった。

「ははは、でっかいことはいいことだ」

おじいちゃんの機嫌がいいので「うん、これがいい」と返事はしたが、頭の中では、『観察日記には小さなトリ箱をおじいちゃんが手作りしてくれた』と書いて置こうと考えていた。

カシノキに巨大なトリ箱を取り付けるのが大変だった。おじいちゃんとおばあちゃんとではとても無理なので、村の建設現場に出向いて頼みこんで、ショベルカーで持ち上げてもらい何とかやっと枝に載せることができた。

その作業は日が暮れて空に星がいっぱい流れるころまで続けられたから、おばあちゃんは助けてくれた人たちにそうめんをせっせと振舞っていた。

その甲斐があって、朝早く、大きなトリ箱には大きなトリがやってきているのが確認できた。

「おじいちゃん、双眼鏡で見て。いるよ、大きなトリが」

おじいちゃんは双眼鏡をのぞいた途端、おかしな声をあげた。

「おおおおお。ゆうちゃん、あれはトリじゃないな。ププププ、プテラノドンだ」

おばあちゃんが、布団をたたみながらこう言った。

「ゆうちゃん、いいね。都会じゃ観察できないものね」

「何言っているんだよ、ばあさん。田舎でも都会でもプププテラノドンは観察できやしない」

そんなことを言っていると、そのプププテラノドンがトリ箱からひらりと降りてきて、玄関ドアから家の中にトコトコ入って来た。

「近所に引っ越してきたものですが、怪しいものじゃありません」

だいたい、日本語をしゃべっているということだけでも、怪し過ぎるんじゃないと僕は思った。

「はぁーい。いま出ます」

おばあちゃんはおじいちゃんに目で「出て」と言っている。

おじいちゃんは、寝間着《ねまき》の胸元を整えながら、僕に「ついといで」とこれも目で伝えた。

「いらっしゃい、プププテラノドンさん」

僕がそう声を出すと、おじいちゃんも続けて同じことを繰り返した。

玄関には、図鑑で見たことがある翼竜《よくりゅう》が窮屈そうに羽根をたたんでニコニコしていた。

「いや、素適な家が見つかり、喜んでいます。あぁ、小学生ですね。かわいい。僕のお名前は？」

「ゆう、です、初めまして」

「初めまして、ゆうくん。かわいいね、夏休みの自由観察日記はこれでバッチリだね。プテラノドンの観察は評判になると思うよ。わたしは観察されるのが大好きだ」

僕は『このまま書けないな』と肩をおとした。

「引っ越してきて、すぐにこんなことを言うのはとてもはしたないことだと思いますが、わたしは今お腹が減っています。あのその、生魚《なまざかな》はありませんかね」

おばあちゃんが廊下を走ってキッチンに飛んで行った。

「あっちゃ、冷蔵庫には魚はないよ。すまんことで」

「あぁ、おばあちゃん、こちらこそブシツケにすみません。それじゃ、ここから海までの距離はどのくらいありますでしょうか」

おじいちゃんが腕組みをしてぼそりと言った。

「ざっと一〇〇キロかなぁ。海は遠いな。山は近いが」

「今のわたしには確かに遠すぎる。そうだ。この近くに飛行場はありますか」

それには僕が答えることができた。

「あるある。この山を越えたところの盆地に滑走路が二本ある」

「じゃ、問題ありませんね」

「きみは、飛行機に乗れるの？」

「ひゃっひゃっひゃ」

プププテラノドンは、そこは笑ってごまかした。

「突然のお願いになりますが、お庭の片隅で焚火をしてもらえないでしょうか。まだ一人前の羽根になっていないので、焚火で上昇気流を起こしていただけないかと思いまして。よろしいでしょうか」

おじいちゃんは「ガッテンでぃ」と右の拳《こぶし》を左手に打ちつけた。

おそらく飛行場くらいまでは自力で飛んで行こうとしているようだが、僕はその後はどうするつもりなのか心配になった。飛行機に乗せてもらえるとはとても思えない。

そんなことを考えているうちに、おじいちゃんとおばあちゃんは庭に出て家庭ごみを燃やしだしている。プププテラノドンが魚のほかに何が食べられるのかを聞きもしないんだ。

「ねぇ、飛行場まで飛ぶんでしょ。僕も飛びたいんだけど」

「いいですね。よくぞ言った。ゆうくんは男ですね。おじいちゃんやおばあちゃんに言うと止められるのに決まっていますから、ここはだまってわたしに従ってください。ゆうくんには安全で快適な空の旅を保証しますから」

プププテラノドンは、得意げにクチバシを何度もカチカチ言わせた。

日記には書けないことがよく続くものだ。僕はワクワクしてきた。

プププテラノドンの首に手を回すと、僕は翼の上にトンと飛び乗った。身体を平らにして翼にくっつけると、強い力が働いてキュイーンと吸いついてくる。ヒンヤリと気持ち良かった。するとすぐに、身体がふわりと浮き上がるのを感じた。あっと言う間に、おじいちゃんとおばあちゃんの姿が点より小さくなった。

「と、飛んでいる。キッモチいい」

「しっかり翼をつかんでつかまっていてくださいね。飛行場までひとっ飛びですから。あぁ、あそこですね。丁度、ジェット機が上がってきています。あのジェット機の翼にわたしの鉤爪《かぎづめ》を引っ掛けます。ええ、無賃乗車というやつです。大丈夫、おまかせください」

僕は必死にしがみついた。

「海までの辛抱です」

「うーん、雲の中に突入っと」

僕はやっとスリルを楽しめるくらいになってきていた。

「あぁ、出ましたね。太平洋ですね。トビウオがいっぱい飛んでいます。ちょっと食事していきますね。海面すれすれを飛んで、トビウオをいただきますが、おじいちゃんとおばあちゃんはどんなお魚がスキでしょうか」

僕は「アンコウ」と言って口ごもった。深海まで捕りに行くと言われたら大変だ。

「いや、トビウオでいいと思う」

「じゃ、鯛《たい》もつけときましょう。いる、いる」

ププププテラノドンは飛行機から離れてぐんぐん高度を下げた。

「塩っ辛っ」

僕はザブンザブンと何度も波を被《かぶ》った。

「すみません、意外と波が高くて。でも、もうこのくらいで十分でしょう」

プププテラノドンは海面をパンと叩くと、横風に乗ってするすると上昇し始めた。

「旅客機です。あれにしましょう」

そのとき、その飛行機がアメリカの大統領専用機でエジプトまでノンストップ飛行するとは思いもよらないことだったのだが……。

エジプトから始まった世界旅行についてはもう胸がいっぱいになって話せないし、書く気もしない。どうせ信じてもらえそうにないことばかりだしね。

結局、夏休み後半に、プププテラノドンとの世界旅行は、アメリカのケネディ宇宙センターで終りとなった。

火星に向けて打ち上げられたロケットの翼にプププテラノドンの鉤爪はガチッと突き刺さり、故郷の星へと帰って行ったからだ。星に帰ったら、プププテラノドンの方はちゃんと夏休みの地球観察日記を完成させていると思う。

それから、何とかおじいちゃんとおばあちゃんの住んでいる田舎に帰れたのだが、僕はすぐに裏山に登ってあるものを探しにかかった。

見つかったよ。それが、これ。

プププテラノドンが地球に来るときに乗って来た隕石《いんせき》の破片。そう、鉤爪の跡がくっきり残っているやつだから、これで少しは信用してもらえるかもね。

〈執筆者一覧〉

滝沢朱音（たきざわ・あかね）

第2回ショートショート大賞で「今すぐ寄付して。」が優秀賞受賞。光文社文庫サイトYomeba!のショートショート公募で「カピバラといっしょ」「未完図書館」「コンストラクション・キー」「今はまだ、痛くなく居たい。」「水無月のつくりかた」が入選。

坂入慎一（さかいり・しんいち）

光文社文庫サイトYomeba!公募第6回（テーマ「図書館」）で「司書になった日」、第9回（テーマ「遺言」）で「会いたい」が入選し、それぞれ『ショートショートの宝箱Ⅲ』『ショートショートの宝箱Ⅳ』に収録されている。

がみの

光文社文庫サイトYomeba!公募第11回（テーマ「告白」）にて「神さまの仕事」が入選。

杉野圭志（すぎの・けいし）

富良野塾十五期生。第15回坊っちゃん文学賞ショートショート部門で「はるのうた」が子規・漱石特別賞受賞（別名義）。２０２１年『夢三十夜』に「はるのうた」「夢見堂」が掲載される。松山市在住。光文社文庫サイトＹｏｍｅｂａ！公募第11回（テーマ「告白」）で「ナミノオト」が入選。

見坂卓郎（みさか・たくろう）
山口県宇部市生まれ。東京都在住。鉄鋼エンジニア。２０２１年、第53回中国短編文学賞で優秀賞受賞。光文社文庫サイトＹｏｍｅｂａ！公募第13回（テーマ「旅」）で「ぬくもり」、第15回（テーマ「誕生」）で「いろいろベイビー」がそれぞれ入選。

いしだみつや（いしだ・みつや）
２０２０年、光文社文庫サイトＹｏｍｅｂａ！公募第13回（テーマ「旅」）で「クジラすくいの夏」が入選。好きなクジラはマッコウクジラ。

清本一麿（しもと・いつま）
光文社文庫サイトＹｏｍｅｂａ！公募第13回（テーマ「旅」）にて「ナノビークル過去への旅」

が入選。「小説現代」ショートショート・コンテスト等に入選歴あり。愛知県在住。元プログラマー。

齊藤　想（さいとう・そう）
短編小説を中心に、日々、公募生活を続ける。第6回創元SF短編賞最終選考。『だいすきミステリー⑨　もしかして大事件?!』『こわい！　闇玉』に作品収録。「SFマガジン」リーダーズ・ストーリィ、「小説現代」ショートショートコンテストなど受賞、掲載多数。

望月滋斗（もちづき・しげと）
茨城県出身。横浜国立大学在学中。光文社文庫サイトYomeba!公募第15回（テーマ「誕生」）、16回（テーマ「劇場」）に入選。目標は、自身の作品をきっかけに日本でさらなるショートショートブームを巻き起こすこと。

天野大空（あまの・だいすけ）
天野大空は、橋本喬木（『ショートショートの宝箱』Ⅰ、Ⅱ、Ⅳに作品を提供）をはじめとした複数の書き手が『一つの作家集団として創作した作品』に対する共同ペンネーム。『文豪コイコイ』は川島怜子氏と作った作品。

黒木あるじ（くろき・あるじ）
2009年「おまもり」で第7回ビーケーワン怪談大賞佳作。実話怪談『震』で単著デビュー。〈無惨百物語〉シリーズ、〈黒木魔奇録〉シリーズなど多数。小説『掃除屋 プロレス始末伝』『ノイズ』など。〈ショートショートの宝箱〉シリーズに「機織桜」「こどく」。

海野久実（うんの・くみ）
本名や複数のペンネームでショートショートや漫画を書いている。今の名前では、「フェリシモ文学賞『かわいい』」優秀賞、「小説の虎の穴」最優秀賞受賞。〈ショートショートの宝箱〉シリーズに「ぼくにはかわいい妹がいた」「あの日の切符」「お話のなる木」「継夢」。

松本みさを（まつもと・みさを）
光文社文庫サイトYomeba！公募第7回（テーマ「ペット」）で「それでもキミは僕の相棒」（松本エムザ名義）が入選し、『ショートショートの宝箱Ⅲ』に収録。最新作は『ペット可。ただし、魔物に限る』（光文社文庫）。

藤田ナツミ（ふじた・なつみ）

光文社文庫サイトＹｏｍｅｂａ！公募第９回（テーマ「遺言」）で「海に漂うユィゴンよ」が入選し、『ショートショートの宝箱Ⅳ』に収録。埼玉県出身。シナリオライター。

深田　亨（ふかだ・とおる）

１９７２年『チャチャヤング・ショートショート・マガジン』にてデビュー。星新一ショートショートコンテスト優秀賞受賞（別名義）。『異形コレクション』〈ショートショートの宝箱〉シリーズに作品掲載。２０２１年『幻想と怪奇７』に「降誕祭」掲載。神戸市在住。

榎木おじぞう（えのき・おじぞう）

横浜市在住。会社員。２０２０年、光文社文庫サイトＹｏｍｅｂａ！公募第12回（テーマ「祭り」）で「ととんかとん」が入選。ショートショート修行中です。

社川荘太郎（しゃがわ・そうたろう）

２０２１年、光文社文庫サイトＹｏｍｅｂａ！公募第14回（テーマ「乗り物」）で『リズという名の男の宇宙船』が入選。福岡県在住。

あんどー春（あんどー・はる）

1982年生まれ。埼玉県出身。立教大学卒。光文社文庫サイトYomeba!公募第13回（テーマ「旅」）で「リゾート」が入選。

前坂なす（まえさか・なす）

岐阜県出身。東京都在住。システムエンジニア。暴走するコンピューターと日々格闘中。光文社文庫サイトYomeba!公募第12回（テーマ「祭り」）に「黒い雪」が入選。

小竹田 夏（しのだ・なつ）

男女二人による共同ペンネーム。「Q．E．D．の後で」で第5回星新一賞優秀賞、「翔けろ！モンステラ」で川端康成青春文学賞優秀賞を受賞。四文で起承転結の超短編「四文転結」を発案。Twitterなどで不定期に四文転結イベントを開催している。

ピーター・モリソン

光文社文庫サイトのショートショート公募第1回（テーマ「扉」）にて「うどんとおんな」が入選し、〈ショートショートの宝箱〉シリーズに、「ネコのコバン」「まどかぐわ」が収録されている。

川島怜子（かわしま・れいこ）

2020年、光文社文庫サイトYomeba！〈ショートショートの宝箱〉に共同ペンネーム天野大空で「文豪コイコイ」が掲載。2021年には「俳句部」が掲載されている。猫が好き。

海宝晃子（かいほう・あきこ）

俳優、声優、脚本家が企画プロデュース等していく集団「PAP企画」に所属する、脚本家。脚本以外のジャンルにも挑戦し、光文社文庫サイトYomeba！公募第14回（テーマ「乗り物」）にて、「心海探査艇ふろいと」が入選。

白川小六（しらかわ・ころく）

「森で」で第7回星新一賞グランプリ受賞。KADOKAWA「5分で読書」シリーズ『扉の向こうは不思議な世界』『意味が分かると世界が変わる、学校の15の秘密』にも短編が収録されている。

進見達生（しんみ・たつお）

１９９６年、光文社文庫『本格推理⑧』（鮎川哲也編）に「ベッドの下の死体」が掲載される。以降、長いブランクを経て、収録作「闇に溶ける」（光文社文庫サイトＹｏｍｅｂａ！公募第15回／テーマ「誕生」で入選）が約26年ぶりの光文社文庫への登場となる。

佐久やえ（さく・やえ）

２０２０年、光文社文庫サイトＹｏｍｅｂａ！〈ショートショートの宝箱〉に「おりんと花の絵師」が掲載。プロフィール不詳。ペンネームから推理すると――。

我妻俊樹（あがつま・としき）

２００５年、第3回ビーケーワン怪談大賞で大賞受賞。『実話怪談覚書　忌之刻』で単著デビュー。実話怪談の著書多数。近著に『忌印恐怖譚　くびはらい』。共著に〈怪談四十九夜〉シリーズ、『ｋａｚｅ ｎｏ ｔａｎｂｕｎ 移動図書館の子供たち』など。歌人でもある。

雲染ゆう（くもぞめ・ゆう）
１９９０年、香川県に生まれる。２０２１年、光文社文庫サイトＹｏｍｅｂａ！公募第14回（テーマ「乗り物」）で「ふねの湯」が入選。詩や小説を書くことと、音楽を聴くこと、緑色が大好き。

吉澤亮馬（よしざわ・りょうま）
１９８９年生まれ。20歳の頃にショートショートの執筆を始め、江坂遊に師事。〈ショートショートの宝箱〉シリーズに「火猫」「風の宿」「楽園になった男」等収録。日本ＳＦ作家クラブ『ＦＡＮＢＯＸ』に「㈱頭のネジ買取センター」「雪撃」等が掲載。

江坂　遊（えさか・ゆう）
星新一ショートショートコンテスト80で「花火」が最優秀作品に選ばれる。星新一から直接聞いたことをヒントに創作法を考案し「小さな物語創作講座」で展開。新作を書きながら後輩作家成長支援に尽力。著書に光文社文庫『花火』『無用の店』などがある。

〈初出一覧〉

水無月のつくりかた	Yomeba! ショートショート公募第 11 回入選
君が隣にいて	Yomeba! ショートショート公募第 12 回入選
神さまの仕事	Yomeba! ショートショート公募第 11 回入選
ナミノオト	Yomeba! ショートショート公募第 11 回入選
ぬくもり	Yomeba! ショートショート公募第 13 回入選
クジラすくいの夏	Yomeba! ショートショート公募第 12 回入選
ナノビークル過去への旅	Yomeba! ショートショート公募第 13 回入選
産負人科	Yomeba! ショートショート公募第 15 回入選
雑貨の赤ちゃん	Yomeba! ショートショート公募第 15 回入選
文豪コイコイ	Yomeba!「ショートショートの宝箱」
おいのり	Yomeba!「ショートショートの宝箱」
お父さんの家	Yomeba!「ショートショートの宝箱」
ダンシン・イン・ザ・レイン	Yomeba! ショートショート公募第 13 回入選
牛車の中で紫陽花を抱きしめる	Yomeba! ショートショート公募第 14 回入選
牢・獄	Yomeba!「ショートショートの宝箱」
ととんかとん	Yomeba! ショートショート公募第 12 回入選
リズという名の男の宇宙船	Yomeba! ショートショート公募第 14 回入選
リゾート	Yomeba! ショートショート公募第 13 回入選
黒い雪	Yomeba! ショートショート公募第 12 回入選
休憩は十五分だった	Yomeba!「ショートショートの宝箱」
ぶうんぶうん	Yomeba!「ショートショートの宝箱」
俳句部	Yomeba!「ショートショートの宝箱」
心海探査艇ふろいと	Yomeba! ショートショート公募第 14 回入選
猛　暑	Yomeba!「ショートショートの宝箱」
闇に溶ける	Yomeba! ショートショート公募第 15 回入選
おりんと花の絵師	Yomeba!「ショートショートの宝箱」
庭	Web 光文社文庫「SS スタジアム」
ふねの湯	Yomeba! ショートショート公募第 14 回入選
万抜き	Yomeba!「ショートショートの宝箱」
巣箱のプテラノドン	Yomeba!「ショートショートの宝箱」

光文社文庫

文庫オリジナル
ショートショートの宝箱《たからばこ》V
編　者　光文社《こうぶんしや》文庫《ぶんこ》編集《へんしゆう》部《ぶ》

2022年2月20日　初版1刷発行

発行者　鈴　木　広　和
印　刷　萩　原　印　刷
製　本　ナショナル製本

発行所　株式会社　光　文　社
〒112-8011　東京都文京区音羽1-16-6
電話（03）5395-8149　編　集　部
8116　書籍販売部
8125　業　務　部

ISBN978-4-334-79309-8　Printed in Japan

組版　萩原印刷

シンデレラ・ティース　坂木　司
短劇　坂木　司
和菓子のアン　坂木　司
アンと青春　坂木　司
和菓子のアンソロジー　リクエスト!　坂木　司
屈折率　佐々木　譲
天空への回廊　笹本稜平
不正侵入　笹本稜平
素行調査官　笹本稜平
漏洩　笹本稜平
卑劣犯　笹本稜平
ボス・イズ・バック　笹本稜平
ジャンプ　佐藤正午
彼女について知ることのすべて　佐藤正午
身の上話　佐藤正午
人参倶楽部　佐藤正午
ダンスホール　佐藤正午

ビコーズ　新装版　佐藤正午
死ぬ気まんまん　佐野洋子
女王刑事　沢里裕二
女王刑事　闇カジノロワイヤル　沢里裕二
ザ・芸能界マフィア　沢里裕二
わたしの台所　沢村貞子
わたしの茶の間　新装版　沢村貞子
わたしのおせっかい談義　新装版　沢村貞子
鉄のライオン　重松　清
ミストレス　篠田節子
黄昏の光と影　柴田哲孝
砂丘の蛙　柴田哲孝
赤猫　柴田哲孝
猫は密室でジャンプする　柴田よしき
猫は毒殺に関与しない　柴田よしき
ゆきの山荘の惨劇　柴田よしき
消える密室の殺人　柴田よしき